Geoffrey Rockford
「FLESH & BLOOD ⑮」

FLESH&BLOOD⑮

松岡なつき

Chara
キャラ文庫

この作品はフィクションです。
実在の人物・団体・事件などにはいっさい関係ありません。

目次

登場人物紹介

東郷《とうごう》海斗《かいと》(17)

16世紀のイングランドへタイムスリップした高校二年生。ホーの丘で拾われて、『グローリア号』のキャビンボーイになることに。好奇心旺盛で物怖じしない性格。未来が読める予言者として、ウォルシンガム長官とスペイン双方に狙われる。

ジェフリー・ロックフォード (26)

キャプテン・ドレイクの信頼厚い、海賊船『グローリア号』の船長。金髪碧眼で、華やかな美貌の伊達男。海斗を予言者と信じ、命を賭けて守ると誓う。色好みで手の早い無神論者だったが、海斗に恋してからは真摯に禁欲中。

ナイジェル・グラハム(25)

ジェフリーの幼なじみで無二の親友。生真面目で規律に厳しい、『グローリア号』の航海長。海斗とジェフリーが恋人同士になってからも、海斗への片想いは消せず…!?

ビセンテ・デ・サンティリャーナ(26)

祖国スペインに忠誠を誓う、敬虔なカトリックの海軍将校。海斗への恋を自覚するが、海斗の病気を知って呆然自失。拉致した海斗を、愛するがゆえにジェフリーの元へ帰す。

クリストファー・マーロウ(24)

通称キット。当代きっての詩人にして劇作家。自他共に認める同性愛者で、ウォルシンガム長官の間諜も務める食えない策士家。密かな本命は、ナイジェルらしい!?

口絵・本文イラスト／彩

1

初夏には簡単に上り下りできた丘が、今は峻厳《しゅんげん》な山のように感じる。

「はあ……っ」

降り積もった雪に足を取られ、とっさに地面に手をついた海斗《かいと》は、ぜいぜいと背を波立たせながら、辺りを窺《うかが》う。

幸い、追っ手の姿は見えなかった。たぶん、ジェフリーが足止めしてくれているのだろう。だが、のんびりしている場合ではないことは判っていた。

「はっ……くそ……しっかりしろよ……っ」

海斗は生まれたばかりの子馬のように震え、おぼつかない自分の足を叱咤《しった》する。床に伏せてばかりいたため、すっかり萎《な》えてしまった足を。

（せめて、もう少し体力があったら……）

海斗はまだ柔らかい新雪をぎゅっと握りしめた。ないものねだりは止せ。そんな弱音を吐いている場合でもない。今、自分がしなければならないのは歩くことだけだ。うずくまっている暇はない。速やかに立ち上がって、サムが立ててくれた『トンネル』の目印である旗まで辿《たど》り着かなければならない。そうしなければ、自分を逃がすためにジェフリーがしてくれたことが、全て無駄になってしまう。

「だめだ……」

そんな真似《まね》をするつもりはない。海斗は唇を噛《か》みしめ、滑りやすい地面に足を踏ん張った。そう、ジェフリーの献身には必ず報いる。二十一世紀に戻って病気を治し、再びこちらの世界に戻ってくるのだ。

金色の髪をした海賊は物好きで、数多《あまた》のきらめく財宝よりもたった一人の平凡な少年――それも彼の足を引っ張るだけの厄介《やっかい》者が欲しいと言う。

他人が聞けば吹き出してしまいそうにちっぽけな願いだけれど、その望みを叶《かな》えることができるのは海斗だけだった。だから、何としてでも帰ってくる。二度と離れることなく、今度こそ心臓の鼓動が止まる最後の瞬間までジェフリーを愛するために。

(あとちょっと……ちょっとだけ保ってくれ)

目印の旗はすぐそこに見えている。

だが、今の海斗には果てしなく遠かった。足にからみつく柔らかな雪。遮《さえぎ》るもののない丘を吹き抜ける冷たい強風。隠れ家を出る前、トンネルを潜るまで身につけておけ、と身体に巻き付けてくれたジェフリーのマントも、どこかに鉛を仕込んでいるかのように重かった。だが、下にはアロハシャツとジーンズしか着ていないので脱ぎ捨てることもできない。そんなことをすれば、かじかみすぎて、むしろ火傷《やけど》をしたようにヒリヒリしている指のように、全身の感覚も麻痺《まひ》してしまうだろう。

「ひ……っ……ひ……」

肺も悲鳴を上げていた。海斗は焦る気持ちを抑え、ゆっくりとした呼吸を心がける。ここで発作を起こしたらおしまいだからだ。急がば回れ。だが、焦っているときは、そうすることが何よりも難しい。

「ここ……ここだ」

ようやく旗に辿り着いたとき、海斗は酸素不足のせいで半ば朦朧《もうろう》としていた。頭が痛いし、何よりも息苦しい。それでも何とかブーツを脱ぎ捨て、震える指を伸ばすと、朽ちかけたスニーカーに触れる。

(さあ……)

リリーの計算によれば、もうトンネルは開通しているはずだ。

しかし、しばらく待っても何も起こらない。

「な……なんで……?」

海斗は愕然《がくぜん》として地面を見下ろした。雪に覆われているせいだろうか。海斗はスニーカーから手を離し、必死に雪かきを始めた。あまりの冷たさに、指がじんじんと疼《うず》いてきたが、構ってはいられない。

だが、ぬかるんだ土が見えてきても、状況に変化はなかった。

「どうして……何がいけないんだよ？」

すっかり取り乱した海斗は泥が跳ね上がるのも構わず、必死に掌《てのひら》で地面を叩《たた》いた。正しい時にホーの丘に来さえすれば、自分がいた二十一世紀に戻れる。海斗はそう信じていた。リリーもトンネルは両開きの扉のようなもので、どちらからも行き来できるはずだと言っていた。

そもそも、それが間違いだったのだろうか。

「違う……だめだ……そんなわけない……っ」

全ての推測が誤りだったとすれば、ここでチェックメイト――もう為す術《すべ》がなかった。海斗を助けようとしてくれたジェフリーの努力は泡と消え、海斗自身もこの世から去るしかなくなる。

「嫌だ……！」

海斗は渾身《こんしん》の力を振り絞って立ち上がり、ふらつく身体を旗竿《はたざお》を握りしめることで支えた。そして、最後の望みに賭《か》ける。

「いち……に……さん……」

眩暈《めまい》を起こさないよう、ゆっくりと旗の周りを歩く。リリーの話によれば九回――九回回れば、トンネルが開くはずだ。

「なな……はち……きゅう……」

疲労のあまり、まっすぐ立つこともできなくなった海斗は、腰を折り曲げたまま旗竿に額を押しつけた。そして祈るように思う。

(頼む……頼むから開いて……！)

だが、その願いは届かなかった。静まり返った丘の上を、風の雄叫《おたけ》びだけが駆け抜けていく。

「どうしよう……ジェフリー……」

海斗はがくりと膝《ひざ》を折った。どうもこうもない。こんなことなら、ジェフリーの傍《かたわ》らを離れるのではなかった。短くてもいいから、もっと一緒にいたかった。海斗は自分が来た道なき道を振り返り、闇に目を凝らす。だが、折しも強まってきた雪が視界を遮り、愛《いと》しい人がどこにいるのかは判らなかった。

(いっそのこと戻りたい……でも、戻っても足手まといになるだけだし……)

どうすればいいのか判らずにうつむくと、美しかった天鵞絨《ビロード》のマントが泥まみれになっているのが見えた。海斗は胸を突かれて、啜《すす》り泣く。本当に自分は何もできない。できないどころか、迷惑をかけるばかりの人間だ。サンタ・クルズ侯爵は、海斗のことを『死神』と呼んだが、それは間違いではなかった。自分と出会ったばかりに、ジェフリーは危険に晒《さら》され、命を脅《おびや》かされている。そんな奴《やつ》がどの面を下げて、『いつかは俺もジェフリーを守れる人になりたい』だなんて大口を叩けるのか。一時でもそんな風に思い上がっていた己れを、海斗は憎んだ。

けれど、

「ごめん……ジェフリー」

海斗は謝ることしかできなかった。迷惑をかけてばかりの自分だが、それでもジェフリーに巡り会わなければ良かったとは思うことはできない。こんなざまでも彼の顔を見たい。いつものように温かな胸に飛び込みたい。

(戻ろう……ジェフリーのところに)

ウォルシンガムの手に落ちれば、海斗は死ぬ。もはや、それは明らかだ。しかし、ロンドンに連行されれば、エリザベス女王に会う機会もあるだろう。彼女の慈悲に縋《すが》れば、ジェフリーの無罪は勝ち取れるかもしれない。そう、もう海斗にできることはそれだけだ。

「ふ……っ」

旗竿を握る手に力を込めて、海斗は立ち上がろうとした。

だが、そのとき、

「あ……」

先程放り出したスニーカーの周りを、淡い光が取り巻いているのが見えた。

(もしかして……)

海斗は這《は》ったままにじり寄って、真上からスニーカーを眺めた。しかし、何も起こらない。ふいに高まった動悸《どうき》に震える指先で、僅《わず》かに靴を横にずらしてみる。すると、光は一層強くなり、辺りを照らし出すほどになった。

「そんな……」

一瞬、眩《まばゆ》さに顔を顰《しか》め海斗は、次の瞬間、驚きのあまり目を見開く。

ふいに水が湧《わ》き出したように、地面に透明な膜のようなものが出現していたからだ。

（あのときと同じだ）

前のときは膜の向こうにナインピンズが見えた。そして、海斗は抑えることのできない衝動のままに手を伸ばし、時空のトンネルに吸い込まれた。

（さっきまではなかったのに……なんで今……）

渦巻く疑問を抱えながら恐る恐る膜を覗《のぞ》き込んだ海斗は、再び信じられぬ思いに身を強《こわ》ばらせる。

最初は自分の顔が映り込んでいるのかと思った。

だが、そうではない。

彼がこちらを見ている。

ずっと会いたいと願っていた人が。

まさか、という思いと、やっぱりという思いが交錯する中、震える唇がその名を紡《つむ》いだ。

「和哉《かずや》……」

もしかして、声が届いたのだろうか。聞こえなかったにしても、彼が海斗の姿を見ていることは表情から明らかだ。

心労のためだろう。少し痩《や》せて、大人びた顔つきになった親友は、海斗と同様に驚きの色を露《あら》わにしていた。だが、彼はすぐに気を取り直し、優しい笑みを浮かべると、何の迷いもなく手を伸ばしてきた。いつものように海斗を助けようとして。

「だめだ、和哉！」

自分の経験を思い出し、海斗は首を振りながら叫んだ。膜に突っ込んだ手は、どう足掻《あが》いても抜けなくなる。そして底なし沼のように、そのまま並行世界に引きずり込まれてしまうのだ。海斗がそちらに行こうとしているのだから、和哉がトンネルを潜る必要はない。むしろ、そうなってしまっては大いに困る。

必死の表情が見えたのだろうか。和哉は躊躇《ためら》う風で手を止めた。

（躊躇っている暇はない……！）

海斗はマントを脱ぎ、その襟《えり》元に口づけた。縫い込まれた匂《にお》い袋から漂うラベンダーの香りに、ほんのりと愛する人の残り香が混ざっている。ああ、せめてそれだけでも纏《まと》っていけたらいいのに。

「待ってて、ジェフリー。必ず戻ってくるから」

決して違えぬと誓った約束の言葉と共にマントを地面に置いた海斗は、透明な時空の壁の向こうからこちらを見つめている和哉に手を伸ばした。

(行くぞ)

最初のときと同じように、僅かな抵抗の後に指先が膜を突き破った。海斗はもう怯《ひる》んだりしない。自ら身を乗り出し、さらに深く腕を差し込むと、何かにぐいっと引っ張られる感触がした。後は流れに任せるだけだ。

(今度はトンネルの中を見てやれ)

懲《こ》りるということを知らない好奇心が、海斗をせっつく。

確かにどんな風になっているのか、自分がどのように時空を越えていくのか、知りたくないと言えば嘘《うそ》になる。しかし、ふと気づいたときには頭を巡らせることができなくなっていた。それればかりではない。つい先程まで辺りを照らし出していた光もかき消え、何も見えなくなってしまっていた。まるでナイジェルが逃走用に作らせた木箱に入れられていたときのようだ。

そのせいだろうか。

海斗はひどく不安になってきた。本当にこのトンネルは『かつて自分がいた二十一世紀』に通じているのだろうか。向こうで自分を待っている友人は、海斗が知っている『本物の和哉』なのか。もっとも、それを確かめる術はなかったし、すでに旅をし始めた今となっては悩んだところで後の祭りなのだが。

(暗い……狭い……息苦しい……早く出たい……怖い)

やがて、肉体を包む闇と同じぐらい暗い脳裏に浮かぶのは、そんな思いだけになっていく。

複雑なことは考えられなかった。生きているのは生理的な感覚だけだ。早く楽になりたかった。この状態から抜け出したい。そう、一番恐ろしいのは、何らかの理由でトンネルの内部に取り残されたままになってしまうことだった。どのようにして並行世界への移動が行われているのか——その理屈がはっきりと判っていないのだから、何が起こるかも予測できない。

(このままは嫌だ……無事に辿り着かせて……)

海斗は祈った。特に信仰を持たない者でも、己れの力だけでは太刀打ちできない現実に直面すれば、何かに救いを求めたくなる。すると、

「……っ」

再び頭上にぽつりと光が灯《とも》った。それは瞬く間に大きくなって、海斗の強ばった身体を包み込む。明るいだけではなく、温かい。旅の終わりを予感して安堵《あんど》の溜息《ためいき》をついた海斗は、いつの間にか動くようになった手を伸ばした。

すると、光よりも熱を帯びたものが、そっと海斗の手首を摑《つか》んだ。

辺りが眩《まぶ》しすぎてはっきりとは見えないが、何なのかは判る。

手——和哉の手だ。

「早くおいで」

幼い頃、唇が紫色になっても水から出ようとしない海斗を優しくたしなめ、懸命にプールサイドまで引き上げてくれたときと同じように、その手が行くべきところへ導いてくれる。

(優しい和哉……いつだって俺を助けてくれる和哉)

海斗は微笑《ほほえ》みを浮かべた。もう会えないと絶望したときもある。けれど、運命はもう一度、巡り会わせてくれたのだ。ただ一人の親友に。

「かいと……かいと……」

打ち寄せる波のように、ときに遠く、ときに近く、和哉が自分を呼ぶ声がする。

彼に会いたい。話をしたい。

だが、すっかり安心してしまったからだろうか。海斗はふいに眠気に襲われ、瞼《まぶた》を開けていることができなくなってしまった。

だから、いつトンネルを出たのかも、よく判らない。


「海斗……」

ふと気づくと、海斗はベンチの上に横たわっていた。

(ここは……)

降り積もった雪は見えない。少し肌寒いが、季節も冬ではなかった。

二つの世界には半年以上のズレがある。

どうやら無事に目的地に到着したらしい。

「海斗、大丈夫？」

声に誘われて見上げると、和哉が自分を覗き込んでいた。先程とは違って冷たい手が、海斗の頬《ほお》に触れる。いや、

「ひどい熱だ」

和哉が冷たいのではない。自分が熱いのだ。そこまで思って、海斗はハッとする。そして、和哉の手を振り払った。

「離れて……」

一瞬、傷ついたような表情を浮かべた和哉に、海斗は訴えた。

「俺、結核なんだ……それも重症で……」

口にした途端、思い出したように喉《のど》の奥から咳《せき》が飛び出してくる。飛沫《ひまつ》が友に襲いかからないようにと身を捩《よじ》った海斗は、すぐに優しく背中をさする和哉の手を感じた。

「しーっ……静かにして……僕は大丈夫だ……救急車も呼んであるから、病気のことも心配しなくていい……」

その言葉を聞いて、海斗は新たな心配事を見つけた。

「お……俺のこと、どう説明すんの……いなくなっていた間のこととか……」

何とか息を整え、首だけを巡らせた海斗を見つめて、和哉は微笑んだ。温《ぬく》もりを感じさせる自然な表情――――だが、海斗は僅かに違和感を感じた。

「僕に任せて。上手《うま》くやるよ」

以前とは何が違うのか、その言葉が海斗に教えてくれる。

すっかり曖昧《あいまい》さが抜け落ちているのだ。彼の笑みから、そして態度からも。

「もう少ししたら、僕は一旦ここを離れる。救急隊員に姿を見られるわけにはいかないしね。でも、心配しないで。もう二度と見失わないから」

「和哉……」

何か言わなければいけないような気がして口を開いたが、出てくるのは名前だけだった。

そんな海斗に、和哉はもう一度笑いかける。不安をなだめるように。

「捜索届が出されているから、いずれ海斗も警察から取り調べを受けると思う。詳しく口裏を合わせている暇がないから、これだけは覚えておいて。僕らはホーの丘で雨に降られ、ホテルに帰る途中で女の子達にぶつかった。そこに運悪く落雷があって、全員が気を失った。そして、一番最初に目覚めた僕が救急車を呼びに行っている間に、君がどこかへ消えてしまったんだ」

夢で和哉がリバーズ刑事にしていたのと同じ説明だった。どうやら自分達が関係している並行宇宙間の差異は、本当に小さなものらしい。

「その他のことは忘れてしまったか、覚えていない、で通してくれる?」

「アイ……」

いつもの癖で返事をすると、和哉は僅かに首を傾《かし》げた。

「向こうに行っていた間のこともだよ。面倒なことになりたくなかったら、気をつけて」

「わ、判った」

以前から思っていたが、和哉の観察眼には本当に恐れ入る。単語一つで、海斗の心がここにあらずだったことを見抜いてしまうのだから。

「落ち着いたら、病院に行くよ」

「うん」

子供にするように素直に言うことを聞いている海斗の頭を撫《な》でてから、和哉は立ち上がった。やはり迷いのない動作だ。いつ、何をすべきかを心得ている。たぶん、海斗が戻ってきた場合のことを、予《あらかじ》め考えていたからだろう。和哉にぬかりはない。昔からそうだった。要領がいいだけの海斗と違って、彼は本当に頭がいいのだ。

「何か預かってもらいたいものはある？　たぶん、警察は持ち物も調べるよ」

遠くからサイレンの音が近づいてくる。もう立ち去らねばならないのに、和哉は横たわったままの海斗を見下ろして聞いた。たぶん、再会したばかりなのに、すぐにまた別れなければならないのが嫌なのだろう。それは海斗も同じだった。話したいことが山のようにあるし、彼の話も聞きたい。だが、今はそのときではないことも判っていた。

「じゃあ、これとこれを……」

海斗は首から下げていた鎖つきの鍵《かぎ》束と財布を差し出した。

「身一つで放り出された、って感じを出さないと……」

「そうだね」

和哉は二つをジーンズのポケットにしまうと、ゆっくり後ずさりをし始めた。

「じゃあ、行くよ」

海斗は最後の力を振り絞って首を持ち上げ、まだ名残惜《なごり》しそうな和哉の顔を見つめた。

「ここに来てくれて……いてくれて、ありがとう。和哉がいなかったら、たぶん、俺はタイムスリップができなかったと思う。実際、諦《あきら》めかけてたんだ。だから、本当にありがとう」

和哉が微笑んだ。ストレートに礼を言われて照れたのか、少し目を伏せている。そのせいで、先程とは違って海斗には馴染《なじ》みのある表情になった。感情を抑制しているために、どこか曖昧さを感じさせる例の笑顔だ。

「まだ言ってなかったね」

「何を?」

きょとんとしている海斗に、和哉は口元を綻《ほころ》ばせたまま告げた。

「おかえり、海斗。僕の方こそ戻ってきてくれて、ありがとう」

「和哉……」

彼の言葉に、海斗は胸を突かれた。おかえり。そう、和哉は知らないのだ。海斗にとって、これは一時的な滞在に過ぎないことを。

（再び姿を消すことで、俺はもう一度、和哉を傷つけてしまうんだ）

病気が治ったら再び十六世紀に戻り、ずっとそこで暮らすつもりだということを知ったら、彼はショックを受けるだろう。そして、愚かな真似をするなと、猛反対もするはずだ。自分や家族を捨てて行く価値があるのか、と。

その問いに対する答えは、和哉をさらに愕然とさせるに違いない。

「またね、海斗。救急車が到着するまで、大人しくしているんだよ」

和哉はそう言うと、未練を断ち切るように背を向け、走り出した。

海斗はとっさに手を伸ばしたが、もちろん届くはずもない。引き留められたところで、今は言うべき言葉も見つからなかった。

「くそ……」

ベンチの上にがっくりと頭を落として、海斗は両手で顔を覆う。再会の喜びはつかの間だった。まったく、自分という人間は、とことん他人に迷惑をかけるように生まれついているらしい。自己嫌悪の思いに囚《とら》われて、海斗は深い溜息をつく。すると、それがきっかけとなって、咳の発作が起こった。不幸中の幸いは、喀血《かっけつ》をしたために救急隊員に病気の説明をしなくても済んだことだろう。思いのほか揺れるストレッチャーに横たわったまま、海斗は友を見習い、行方不明になっていた間のことをどう説明するか考えた。

（例の法則はまだ生きているな）

一つの嘘から逃れたと思うと、また別の嘘をつかなければいけなくなる。

海斗はうっすらと苦い笑みを唇に張りつけた。偽りはもううんざりだ。しかし、本当のことを言えるはずもない。ならば、このまま続けるしかないのだ。

(あなたはよく受け入れてくれたよね)

嘘をついていたことを許し、未来から来たという話を信じ、自らの危険も省みずに送り出してくれた人の面影を求めて、海斗はそっと目を閉じる。

財宝だけではなく、見る者の心まで奪わずにはおかない金色の髪をした海賊。

彼は今頃、どうしているのだろうか。

2

シミュレーションを全くせずに高層ビルを設計する者はいないし、テスト走行なしに新型車を販売する企業もない。

物事を円滑に成就させたければ、どうしても綿密な準備が必要だ。

そう、やり直しが利かないときは特に。


「どこに行くの？」

エンジン音を聞きつけ、慌てて飛び出してきた母親の千春《ちはる》に気づいた和哉《かずや》は、フルフェイス・ヘルメットのシールドを上げて、穏やかな微笑を浮かべてみせた。

「決めてないんだ。ちょっと気晴らしに走ってこようかって思っただけで」

「そうなの」

返事を聞いても、母の顔に浮かぶ不安の色は消えなかった。だが、『気晴らし』と言えば、制止されないということは経験上、判っている。

「あまり遅くならないでよ。スピードも出さないで」

あの一件以来、腫《は》れ物に触るように息子に接している母は、そう告げるのが精一杯だった。善良な彼女の心痛を思うと、和哉の胸にも罪悪感が押し寄せてくる。だが、今さら止めることはできなかった。問題が片づくまでは、誤解を解くつもりはない。『計画』が成功するまでは、行方不明になった親友を案ずるあまり、神経衰弱状態に陥っている人物という、自ら創り上げたイメージを捨てるわけにはいかないからだ。

「判ってる。じゃあね」

和哉はもう一度笑いかけてから、シールドを下ろす。

衝撃から頭部を守るための硬度と圧迫。そして息苦しさ。

待ち望んだ孤独。

「は……」

思わず溜息が洩《も》れる。できることなら一日中、ヘルメットを被《かぶ》っていたかった。感情を抑制することに慣れてはいるものの、やはり心とは裏腹の表情を取り繕うのは疲れる。家族や友人の前で本当の自分を曝《さら》け出すことができたら、どんなに気が晴れるだろう。

はしゃぎたいときにはしゃぎ、怒りたいときに怒り、泣きたいときに泣く。

たったそれだけのことが、一般に無邪気だとされている子供時代でさえ、和哉には難しかった。別にそうするよう、両親から躾《しつ》けられたわけでもないのに。

おそらく、それは何事にも中庸を重んじる森崎《もりさき》家の血なのだろう。他の家から嫁いできた母も同じ気質なのは、父が自分に似たタイプを選んだからに違いない。精神の高揚よりも安定を求める父にとって、どのような類《たぐい》のものであれ、感情を爆発させることは煩《わずら》わしく、決まりが悪いものなのだ。

大声で笑ったり、人前で涙を流したり、怒気を露わにすることは森崎家ではあり得ない行為だったが、和哉もそれが普通なのだと思っていた。

そのあり得ない行為を、片っ端からやってのける天真爛漫《らんまん》な少年——ただ一人の親友、東郷《とうごう》海斗に出会うまでは。

「ふ……」

和哉は微笑んだ。よく似た親子と言われるし、その自覚もあるが、どうやら好ましいと思う人間のタイプだけは違っているらしい。和哉は自分に近い性格の持ち主とは、あまり付き合いたいとは思わなかった。よく見知ったものには刺激がない。しかし、そんな風に考えるようになったのも、海斗と知り合ってからなのかもしれなかった。

天真爛漫な人間は沢山いる。

だが、和哉が好きなのは海斗の快活さであり、素直さだった。

彼の代わりになる者などいない。

だから、何としても取り戻す。

バイクのスタンドを外して、和哉は走り出した。

今や通い慣れた道を使い、プリマスまで駆け抜けるために。


「父さんのバイクに乗ってもいい？」

三ヶ月ほど前、久しぶりに早く帰ってきた父と共についた夕食の席で、和哉は何気なく切り出した。模型まで集めている電車は言うまでもないが、子供のように『乗り物』と名の付くものならば何でも大好きな公志《こうし》の車庫には、通勤用と家族用の二台の他にイングランド人の友達から譲られた中古のトライアンフが置かれていた。多忙のために父が乗ることは滅多になかったが、気が向けば掃除をしたり、エンジンのメンテナンスをしている。だから、充分使えることを和哉は承知していた。

「シティに行くときに使いたいんだけど」

案の定、公志は渋い顔をした。

「なんで急に……今まで通り、電車を使えばいいだろう。それに休学中の身で免許を取るのはどうかと思うぞ」

「判ってるよ」

和哉は僅かに目を伏せた。

「電車の方が安全だし、渋滞とかとも無縁だし……でも、人混みが嫌なんだ。この間も病院の帰りに気持ちが悪くなって、途中駅で降りなきゃいけなくて……」

「だったら、最初の頃のように母さんに送り迎えしてもらったらいい」

「カウンセリングを受けたあとは、あまり喋《しゃべ》りたくないんだ。できれば一人でいたい。だから、送り迎えも中止してもらったんじゃないか」

「しかしな……」

「お願いだよ」

さらなる反対の声を遮るように、和哉は溜息をついた。

「絶対にスピードは出さないって誓う。馬鹿なことを言っているって思うかもしれないけど、本当に電車に乗るのは怖いんだ」

こういう場合、日頃の態度がものを言う。和哉は人前で滅多に弱音を吐いたりしない。ゆえに、苦痛を訴えるのはよほどのことだろうと思ってもらえる。

「馬鹿だなんて思わないわよ」

このときも母の千春が信じてくれた。彼女は手塩にかけて育てた我が子が、平然と嘘をつくだなんて思いもしないのだろう。本当ならばありがたいはずの信頼が、今の和哉には重かった。すでに目的のためならば手段は選ばないと心に決めていても、やはり大事な人々を傷つけるのは辛《つら》い。

「あなた、貸してあげたら？　この子が自分から何かをしたい、って思えるようになっただけでもいいことじゃない」

結局、その母の一言が決め手になった。『変わらぬこと』をよしとする公志にとって、一人息子が以前の状態に戻ることほど望ましいことはないのだろう。

「薬を飲んでいるときは、絶対に乗るなよ」

父はそう念を押してから、バイクのキーを渡してくれた。

重い気鬱《きうつ》を演出するために不眠を訴えていた和哉は、医者から睡眠導入剤を与えられている。同じく貰《もら》っている精神安定剤ともども、飲んではいないが。

そのことを知るよしもない父に、和哉は微笑んでみせた。

「判ってるよ。ありがとう」

運転免許を取得するのは簡単だった。

イングランドも日本と同様で、普通自動車免許を持っていれば、短期の講習と実技試験だけでバイクにも乗れる。

だから、和哉は自動二輪ではなく、車の免許をとることにした。いざというときのことを考えると、選択肢は多い方がいい。

そもそも和哉が公共交通機関を避けようと思うようになったのは、ジョン・リバーズ刑事の追及をかわすためだった。

海斗の行方不明事件を担当している彼は、最初の取り調べのときから和哉に疑惑の目を向けていた。最後の目撃者が犯人だったというケースは枚挙にいとまがないから、それも仕方ないのかもしれないが、執拗《しつよう》なまでに繰り返された尋問を思い出すと、未だに和哉の腸《はらわた》は煮えくり返る。

「本当に海斗がどこに行ってしまったのか、知らないんです！」

あながち、それは嘘ではなかった。地面の中に飲み込まれた海斗の行く先がどこだったのか、今以て正確には判らない。考えたくはないが、生死すら定かではないのだ。

しかし、和哉が必死に訴えても、リバーズ刑事はどこ吹く風で受け流し、二人がプリマスにやってくるまでの足取りを繰り返し、繰り返し、問いつめた。何度も同じ話をさせることで、証言に齟齬《そご》がないかを確かめようとしていたのは判っている。だから、和哉も苛立《いらだ》ちをこらえ、相手が納得するまでとことん付き合った。当然のことながら、和哉が海斗の失踪《しっそう》に関与している証拠を見つけられず、捜査当局が聴取の打ち切りを決定するまで。

だが、上層部の決定に納得できなかったと思《おぼ》しきリバーズは、その後も和哉をマークし続けていた。赤ら顔、太鼓腹、よれよれの服といかにも冴《さ》えない外見をした男だが、秘密の匂いを嗅《か》ぎつける鼻は、人一倍優秀なのだろう。

「また図書館に行ったんだって？　なぜ、ケルト文化に興味を持っている？　ドレイクの太鼓について調べているのは何のためだ？」

スッポン並みに食らいついたら離れないリバーズは、どうやら関係各所と綿密な連絡を取っているらしく、和哉が電車やバスでプリマスに行くと、ふらりと姿を見せ、旅の目的を問いただすのが常だった。

拘束は解かれたが、監視が緩んだわけではない。

それが鬱陶《うっとう》しかった和哉としては、早急に対策を立てる必要があったというわけだ。

誰にも邪魔されずに物事を成就させたいと思うなら、まず実行の計画を立てているということ自体を知られてはならない。

そう、準備が最終段階に入った今となっては、特に注意を払う必要がある。

例えば、リバーズに足取りを摑まれる恐れがあるので、プリマス近辺ではクレジットカードを使わない。そのため、バイクの給油も自宅の近くで済ませる。イングランド南西部を訪れる日本人はそう多くないので、レストランなど顔を覚えられそうな場所にも立ち寄らない。食事を摂るのはファーストフード店にする。そして、ホーの丘に足を踏み入れるのもすっかり陽が落ちて、人気《ひとけ》がなくなってからと決めていた。

最も重要なのは、どんなに疲れていても泊まったりせず、家に帰ることだ。もちろんホテルやB&Bを使うのは論外だし、野宿も警察に連行される恐れがあった。それに朝帰りだったとしても、ちゃんと戻ってくれれば家族は安心する。大事なバイクを取り上げられないためにも、この一点は固く守っていた。

もちろん、難題もある。クレジットカードを使用できないときのため、現金を用意する必要があったのだ。休学中という手前もあるが、失業率の高いこの国で学生が割の良いパートタイム・ジョブに就ける可能性は非常に低い。つまり、親からの小遣い以外に収入を得る道はないにも等しかった。

もっとも、正攻法で行くならば、の話だが。

手段を選ばないことにした和哉は、気が進まないながらも不法な行為に手を染めた。

「久しぶりだね」

その第一歩が海斗の友達で、クラブ通いが趣味のカルロスに連絡をすることだった。そう、使わずに溜まっていく一方の薬を、必要としている人々へ横流しするために。

カルロスが馴染みにしているクラブのほとんどが、薬物問題で警察の手入れを受けていることは、海斗から聞いて知っていた。

「これ、ちょっと余分に持ってるんだけど……」

そんな風に取り引きを持ちかけて、断られたことは滅多にない。

賑《にぎ》やかに楽しむ場所なのだから、圧倒的に人気があるのは高揚系のドラッグだろうが、鎮静系を併用している輩《やから》もいることは判っていた。和哉が通っている病院でも、疑いの目を向ける医師にしつこく食い下がり、何とか薬を処方してもらおうとして騒いでいる人々に出くわすことがあったからだ。

「おまえさー、何が楽しくて、ここに来てんの?」

カルロスには何度か、そう尋ねられたことがある。ナンパが目的の彼は好奇心から一、二度、手を出したことがあるぐらいで、薬には興味がないらしかった。だから、

「大きな音を聞くと、なぜか気分がスッキリするんだ。だからだよ」

そんな和哉の言葉も額面通りに受け取って、本当の目的は別だということには全く気づかないのだろう。カルロスの目に映る和哉は以前の通り、真面目に勉強するだけが取り柄のイケてない同級生に過ぎない。だから連れ立って来ていても、クラブの中では別行動だった。踊りもしなければ、女に声をかけるでもなく、酒の代わりにビタミン剤の入ったスマートドリンクを静かに飲んでいるだけの和哉を奇妙に思っているのだろうが、自分の遊びに熱中している間に忘れてしまう。

その関心の薄さがありがたかった。

カルロスに迷惑をかけるつもりはなかったし、『俺にも一口嚙《か》ませろ』などという話はさらにごめんこうむる。

和哉自身、長く商売を続けるつもりはない。欲を出せば、面倒なことになるだけだ。玄人《くろうと》に目をつけられて痛い目に遭わされるかもしれないし、警察の厄介になる可能性もある。

特に後者は最悪だ。

今このとき、自由を奪われることだけは何としても避けなければならなかった。

両親を騙《だま》し、刑事を出し抜き、学友を利用し、売人の真似ごとをしていたのも、全ては海斗に会いに行くためだ。その大事の前に身動きがとれなくなるのは困る。

「あと一回ぐらいかな……」

高速道路のパーキングエリアに立ち寄った和哉は、口に銜《くわ》えた煙草《たばこ》にライターの火を移しながら呟《つぶや》いた。眠気覚ましに、と通りがかりのバイカーにお裾分《すそわ》けをしてもらって以来の悪習だ。前は大嫌いだったし、今も決して好きな味ではないのに、つい吸ってしまうのは、話す相手がいなくて時間を持て余してしまうからかもしれない。だとすれば、止めるのも簡単なはずだ。海斗に再会できさえすればいいのだから。

「ふふ……」

唇から煙と共に微《かす》かな笑い声が零《こぼ》れる。吸い口を噛みしめて、和哉は思った。こんな自分を見たら、海斗は何と言うだろうか。

「変わったって、思うんだろうな」

それを否定することはできない。海斗を見失ってしまったことで、和哉は傷ついた。その傷はあまりにも深く、痕跡《こんせき》を残さずに消えることは難しい。海斗がその引き攣《つ》り、捩《ねじ》れた傷ごと自分を受け入れてくれるかどうかも気がかりだった。

「嫌わないで……」

サイドミラーに映る自分の姿を見つめて、和哉は祈るように囁《ささや》く。そういえば外見も海斗がいた頃とはかなり違ってきていた。決して拭《ぬぐ》えない影を宿した瞳。皮肉っぽく歪《ゆが》むようになった口。うるさく注意する寮母がいないので伸ばしている髪。真夜中、痛みを感じて目覚めるほど急激に伸びてきた背――――この新しいパッケージは気に入ってもらえるだろうか。そうであることを祈るばかりだ。

(人は変わる。こんなにも簡単に)

和哉は短くなった煙草を踏み潰《つぶ》しながら思った。だが、叶うことなら、海斗だけは以前のままでいて欲しい。今頃どうしているのかは判らないが、何があったとしてもあの無邪気な明るさだけは失わずにいて欲しかった。そんな彼の姿を見ることができれば、自分のしてきたことも無駄ではなかったと思えるだろう。もちろん、それは気休めであって、己れの罪を正当化するつもりはなかったが。

「罪かあ……」

それも案外簡単に犯せるものだ。人間、必要に迫られれば何でもするし、できなければ何とかしようとして足掻く。越えてはならない一線の基準も場合に乗じて変化するし、罪悪の大小を個人的な感覚で判断してしまうこともままあった。例えばクラブで見知らぬ相手に精神安定剤をさばくよりも、親に嘘をつくことの方がより胸が痛むというのは、身勝手以外の何物でもないだろう。だが、正直な実感ではある。

(僕が利己的すぎるんだろうか?)

そうかもしれないし、そうではないかもしれない。同じものを見ていたとしても、同じ印象を受けるとは限らないのが人間だ。つまり、判断の基準も一つではなかった。『あの人は自分のために世界が回っていると思っている』という陰口があるけれど、ある意味、それは真実を言い当てているのかもしれない。人は自分の感覚を通し、脳の中で世界という概念を構築する。ならば世界は一つではなく、人の数と同じだけ存在すると言えるだろう。そして、自分が構築した世界なのだから、己れを中心に回っていると感じる人がいても何ら不思議はない。

（隣にいる人が似て非なる世界を生きている。海斗に話したことがあるけど、ＳＦ小説に出てくる並行宇宙みたいだ）

交差することはあっても、完璧《かんぺき》に重なり合うことのない二つの世界——それは人という生物の孤独を思い知らせずにはおかなかった。そして、寂しいからこそ、誰かを求めずにはいられなくなるのだ。

和哉の場合は誰かではなく、海斗を。

幼い頃から常に一緒の彼は、もはや和哉の世界には必要不可欠の存在になっていた。未だに自分の隣にいないことが信じられないときがあるほどに。そう、海斗が存在しない世界など、不完全もいいところだった。だから一刻も早く、元通りにしなければ。そうしないと、自分もおかしくなってしまう気がする。

「さて、と……」

拾い上げた吸い殻を紅茶が入っていた紙コップに放り込み、ゴミ箱に捨てにいった和哉は、再びバイクにまたがった。

プリマスまではあと一時間あまり。

すっかり嘘をつくことに慣れてしまった和哉は、『スピードは出さない』という親との約束も平然と破っている。だが、このことについては、あまり胸は痛まなかった。日帰りするためにはどうしてもしなくてはならないことだからだ。

（嘘をつくのは嫌いだったし、そんなことをする必要もなかったのに）

ふと胸を過《よ》ぎった考えに、和哉は苦い微笑を閃《ひらめ》かせる。

本当に人は変われば変わるものだった。


プロムナードと呼ばれている道路と丘を隔てるポールに背を預けた和哉は、歩幅に注意して歩き始めた。

十歩。二十歩。三十歩。さらに三歩。

正確ではないかもしれないが、海斗が地面に飲み込まれた場所がそこにある。

リバーズの手前、一目で判る目印をつけることはできなかった。これは何だと余計な興味を持たれては困るからだ。

（海斗とぶつかった女の子達はどうしているのかな）

救急車で運ばれた後のことは、和哉も判らなかった。おそらくリバーズの調査は受けているはずだが、海斗の身に起こったことにどう説明をつけたのかも不明だ。地中に消えた、などという突拍子もない話を信じる者はいないはずだから、二人がまだあどけない子供であるということも鑑《かんが》みて、落雷の衝撃で当時の状況を忘れてしまった、という辺りで一応の幕引きとなったのかもしれない。

「始めるぞ」

和哉は独りごちてから、海斗が飲み込まれたと思しき地点を中心に、その周りを巡り始めた。

「一……二……三……」

海斗はどこに消えたのか。その探索の手がかりは、ホーの丘で聞いた太鼓の音だった。

最初、和哉は雷の遠鳴りだと思ったが、海斗はそうではないと言い張り、もう一度聞いてみろと強く訴えた。改めて耳を澄ますと、確かに太鼓のようでもあったのを覚えている。

どこからともなく鳴り響く太鼓――それは海斗との話題にも出てきた有名な太鼓のことを思い起こさせた。

イングランドが危機に陥ったとき、死後の世界から英雄を呼び戻すために打ち鳴らされるという伝説を持つ『ドレイクのドラム』だ。

もし、あれが本物だったとすれば――和哉はそこから考えることにした。

プリマスの近くにあるダートムーアには、十八世紀に存在した『炭焼き小屋』の幽霊が出現するという。

丘の上でその話をしていた海斗と和哉は、おそらくその土地に過去の時代へ繋《つな》がる不可思議なトンネルのようなものがあるのでは、と予測した。にわかには信じがたいが、もしその予測が当たっていたら、そしてドラムが本当にドレイクのものなら、海斗が吸い込まれた地面の先には、実際にそれが鳴り響いていた世界があるということにならないだろうか。

旅行前の下調べのおかげで、ドレイクの太鼓の音を聞いた人々がいる時代は判っていた。

当人が生きていた十六世紀。

英蘭戦争時。

トラファルガーの海戦時。

そして第二次大戦時だ。

四つのどれか、というのは、和哉にとってさしたる問題ではなかった。

重要なのは、必ず海斗が飛ばされた時代に辿り着くことだ。

すると最重要課題は『どのようにして、そこに行くのか』に変わった。

うるさいリバーズにつきまとわれつつ、何度もプリマスにやってきて、図書館通いを続けた理由もそこにある。

この世ならざる場所――別の世界に行ったのは海斗が初めてなのか。それとも前例があるのか。あれば、その状況から旅の方法を推測できるのではないだろうか。

和哉はあらゆる角度から『ホーの丘での失踪事件』の有無を調べることにした。警察の記録。郷土史。古い生誕記録が残る教会へも行った。

そして、二つの手がかりを掴んだのだ。

一つ目は調べものに協力してくれた司書の女性が、何気なく呟いた言葉だった。

「丘で姿を消した人々の話？　それっておとぎ話にあったわよね」

その瞬間、ドラムに負けないぐらい心臓が大きく鳴ったことを和哉は覚えている。

「おとぎ話？」

「ええ、子供の頃に読んだことがある。聖ジョンの日の前夜やハロウィンの夜に丘に行くと、妖精にさらわれて地中にある彼らの国に連れて行かれる、そこで何かを食べてしまうと、二度ともとの世界には戻って来られないんですって」

もちろん、和哉はその詳細を追い求めた。司書の話で気になるのは、妖精の国が地中にあるという部分だ。それはまさに海斗が陥った状況に似ている。

以来、和哉の探索は妖精とは何かから、その伝説の大元になったと目されるケルトの伝説にまで及んだ。

リバーズは別の司書から和哉が何を調べているのかを聞いていたらしいが、きっと訳が判らなくて混乱したことだろう。いらいらしている彼の姿を思い浮かべると、少しは溜飲《りゅういん》が下がるというものだった。

とにかく、地道に探索を続けた結果、和哉は『トンネル』がいつ開くのか、その法則らしきものを摑んだ。そして海斗の後を追うことを決意したのだ。

そう、ちゃんと辿り着けるのか、様子見がてらのテストをしてから。

（一度目は本当にトンネルが開通するのかを確かめた）

そして、今回はその中に物を落とし込む実験をするつもりだ。姿を消す前、海斗はトンネルを覗き込み、おそらく何かを見た。手を伸ばしたのはそのためだろう。和哉が放り込んだものが必ずしもそこに留まっているとは限らないが、次にトンネルが開いたときにも見ることができれば、そこに別の世界――海斗がいるはずの世界の存在を確信できるし、辿り着くことができるという保証にもなるはずだ。

（時間がかかってもどかしいけど、それは仕方がない）

慎重になるのは、やり直しができないことが判っているからだった。チャンスは一度きり。トンネルを潜り抜けてしまったら、後戻りができるかどうかは定かではない。そこに海斗がいても、いなくても。

だが、失敗に終わったとしても、和哉は後悔しないだろう。賭けに負けたことは無念だが、やるべきことはやったのだ。海斗がいないこの世界で無為に生きていくよりは、よほどマシだと思える。

（僕も心残りはないよ、海斗）

再び彼に出会うために、和哉は今いる世界の全てを捨てる覚悟を決めていた。愛する家族でさえも。

（彼らではこの胸に穿《うが》たれた穴を埋めることはできない）

穿ったのは海斗だった。そして、それを埋められるのも彼だけだ。いなくなって、それが判った。共に寄宿校に入り、肉親よりも長い時間を過ごしてきた海斗を失うことは、和哉の人生そのものを失うにも等しい。ある意味、世界が崩壊するにも等しいことだった。そして、無惨《むざん》な廃墟《はいきょ》となった場所で生き続けることほど虚《むな》しいものはない。

「一人は寂しいよ、海斗」

おとぎ話の通りにトンネルの周りを九回巡った和哉は、ぽつりと呟く。海斗には告げることのなかった本音。いつも一緒にいたかった。二人でいれば安心だった。離れることなど予想だにしなかった。考えた例《ため》しがないのだから、それがこんなに耐え難いということも知らなかった。独りぼっちはあまりにも恐ろしい。何が待ち受けているか判らない未知の世界に、海斗を探しに行くという冒険よりもずっと。

「隣に君がいてくれるなら、何も怖くない」

それが和哉の真実だった。必要なのは彼だけだ。海斗を取り戻すためなら何でもする。どんなことでもできる。嘘をつき、罪を犯すことも構わない。

「本気でそんなことを思っているんだから、僕は少しおかしいんだろうね」

和哉はそう言って、苦笑を浮かべた。たぶん海斗を失って世界が崩壊したとき、自分のどこかも欠け落ちてしまったに違いない。

「来たな……」

前回テストしたときと同じく、しばらく待っていると、地面の一部分が淡く発光し始めるのが見えた。

和哉はうっかり中に入ってしまわないように気をつけながら、その光源を覗き込む。

そして、次の瞬間、息を止めた。

懐かしい顔、あんなにも追い求めていた人の顔が見えたからだ。

「海斗……どうして……」

無意識に洩らした己れの声に、和哉はハッとする。今は『なぜか』などということを考えている場合ではない。海斗がすぐそこにいるのだ。あれこれ思うのは彼に会ってからでいい。

だが、即座にトンネルに飛び込もうとしている和哉に気づいた海斗が、慌てて制止する風を見せた。彼もこちらの状況を目にしていることが判って、和哉の興奮はさらに高まる。これは海斗――――自分の前から消え去ってしまった本当の海斗だ。早く彼に会いたかった。彼の声を聞きたい。そして思いきり抱きしめて、不在の間に凍えきった心をその温もりで溶かしたかった。

（それなのに、なぜ止める？）

逸《はや》る気持ちを必死に抑え、和哉は親友の動向を追った。そして、ほっそりとした手が自分の方に差し伸べられるのを見る。

迫り来る手は二人の間を隔てる透明な膜のようなもの――その薄っぺらなものが二つの世界を繋ぐトンネルの正体なのだろう――を突き破って、まるで植物が生えてくるように地面から出てきた。事情を知らない人間が見たらゾッとするような光景だ。全てを心得ているはずの和哉でも鳥肌が立つ。

だが、何か摑むものを探して蠢《うごめ》き、必死に彷徨《さまよ》う指を見た和哉は不気味さも忘れ、とっさにその手を握りしめていた。海斗が必死に追い求めているのが自分だということが判ったからだ。

「ここだ、海斗……僕はここだよ」

湧き上がる歓喜に自らの指も震えさせながら、和哉は掠《かす》れた声を上げる。本当は叫び出したかったのだが、感動のあまり喉が塞《ふさ》がれてしまったのだ。

「く……」

海斗が自ら出てくるのを待ちきれなくなった和哉は、もう一方の手で腕の部分を摑み、彼を引っ張り上げた。抵抗はほとんどなく、まもなく頭が、次に上半身が地中から飛び出してくる。するとと片手では支えきれなくなってしまい、和哉は慌てて跪《ひざまず》くと素早く脇に両手を突っ込み、抱きかかえるようにして持ち上げた。

触れた部分から海斗の温もりを、そして首筋に彼の吐息を感じて、和哉は思わず泣いてしまいそうになる。追い求めていたのは自分だけではない。再会を望んでいたのも自分だけではなかった。海斗も元の世界に戻る方法を必死に模索してくれていた。だから、今夜ここに、自分の前に現れてくれたのだ。それが嬉《うれ》しくてたまらない。

「うわ……っ！」

和哉が残った力を振り絞り、仰《の》け反《ぞ》るようにして海斗を引っ張った瞬間、ふいにトンネルから足が抜け、勢い余った二人は抱き合ったまま地面に倒れ込んだ。思いきり打ちつけた後頭部が痛かったが、そんなことに構っている暇はない。先に起きあがった和哉は、傍らにぐったりと横たわっている友人の様子を確かめた。

「海斗？　大丈夫？」

返事がなかった。和哉同様、倒れた瞬間に頭を地面に打ちつけ、そのまま気を失ってしまったのだろうか。

口元に耳を近づけると、ひゅうひゅうと喉を鳴らすようにして浅い呼吸をしていた。不吉な音だ。改めて海斗の全身を眺めやると、ひどく痩せていることにも気づく。先程まで摑んでいた手首も、よく見れば骨が突き出ていた。

「具合が悪いの？」

興奮のあまり今の今まで気がつかなかったが、和哉が掌をあてがった額からはかなり高い熱が伝わってくる。どれほど楽観的な人間でも、これはと不安にならざるを得ないほどの体温だ。

「待ってて。すぐに病院に連れていってあげるから」

せっかく戻ってきてくれた海斗を、こんなところであっさり失うわけにはいかない。和哉は海斗を抱き上げ、プロムナードに設けられているベンチまで運んだ。そして、足を速めて近くの駐車場に向かう。

何度か来ているうちに、和哉はそこがドラッグ・ディーラーのたまり場であり、入れ替わり立ち替わり薬を求める客がやってくるということに気づいていた。

「これをあげるから、救急車を呼んでくれない？　急病人がいるんだ」

和哉は暗がりでそんな客の一人を摑まえると、鼻先で精神安定剤のシートをひらつかせた。中毒者は薬を手に入れるためなら何でもするし、早く欲しいから相手の事情を詮索《せんさく》するような真似もしない。声をかけた男もすぐに頼みを聞き入れ、携帯電話を取り出した。

それを見て、和哉は首を振る。

「面倒をかけて悪いけど、プリマス・ドームのところに公衆電話があるから、そこからかけてくれないかな。薬は戻ってきたときに渡すから」

リバーズ刑事の目が光っている以上、和哉が救急車を呼ぶことはできない。通報元を調べられれば、プリマスに来ていることがバレてしまう。ジャンキーの携帯を使っても同じだ。すぐに身元を摑まれ、助けを求めてきたのはどんな人間だったのか取り調べられるだろう。暗がりにいるから顔立ちははっきり判らないと思うが、体つきや声の調子から大体の年齢は推測される。海斗と同じ年頃だったということになれば、リバーズはそれが誰なのか、ぴんと来るはずだ。しかし、公衆電話を使えば、かけたのが誰かを特定することはできないし、声から推測される年齢も和哉を遥かに上回る。リバーズがしゃかりきになって調べたところで、何者だったのかは判らない。蛇蝎《だかつ》のように警官を嫌い、怖れている麻薬中毒者が、自ら捜査に協力を申し出ることも考えにくかった。よって、結局は『通りがかりの親切な誰か』が連絡をしたということで決着を見るだろう。弱っている海斗の側についていてやれないのは辛いし、悔しかったが、警察の取り調べという面倒を避けるためには仕方がない。

「あと少しの我慢だからね、海斗」

電話をかけにいった男を待ちながら、和哉はベンチのある方角に視線を向けた。

「もう少しで一緒にいられるようになる。予定外のことが起こったけど、何とか対処できる。上手くやるから、心配しないでいい。面倒なことは全て僕が片づけてあげる」

廃墟にも思えた世界が、ふいに輝きを取り戻していくのを和哉は感じていた。夜なのに不思議と辺りが明るく、何もかもがはっきりと見える。

「ああ……」

和哉は目を閉じ、思いきり深呼吸をした。そして微笑む。

海斗だけがもたらすことのできる幸せを噛みしめながら。

3

他人に悪事を成せば、いずれ報いを受ける。

古《いにしえ》から伝わる格言や諺《ことわざ》を馬鹿にしてはならない。なぜなら、適当な思いつきや単に響きがいいだけの言葉は脆弱《ぜいじゃく》で、時の重みに耐えることができないからだ。今も昔も人口に膾炙《かいしゃ》しているものには、少なからぬ人々の同意がある。

真理は揺るがない。

綻びもしないし、劣化することもない。

地中深くに埋められていた黄金が数百年、もしくは数千年を経た後に掘り出されても美しい輝きを失わないように、真実を伝える言葉には永遠の命が宿っている。

ナイジェルは常々そんな風に思っていた。

だが、このような形で実感させられるとは想像だにしなかった。

「どうした、ジョー?」

船渠《せんきょ》で『グローリア号』の修理に立ち会っていたナイジェルのところに、前触れもなく料理人のジョーがやってきた。

「へえ、昨夜《ゆうべ》の残りでミートパイを作ったら、ちょいと余分ができちまいやして。旦那《だんな》の昼飯にしてもらおうと思って持ってきたんす」

「そうか。わざわざ、すまないな」

聞いているだけで涎《よだれ》が出た。余り物を再利用しただけとは信じられないほど、ジョーのパイ料理は美味《おい》しいのだ。デヴォン一と謳《うた》われているサー・フランシスの料理人も嫉妬《しっと》で青ざめるその味の秘密を、彼は主人だけに教えていた。

決め手は熱で溶けるよう小さく刻んだ鴨《かも》の肝臓。

そして特製のスパイスだ。

もっとも、この混ぜ合わされた香料の配分量については、ジョーも固く口を閉ざしていた。ナイジェルもセージとシナモンが入っていることぐらいは判るのだが、それ以外は全く見当がつかない。

「勘弁してくれ、旦那」

決して他言はしないから教えてくれと迫ったナイジェルに、厳《いか》つい顔をした料理人はきっぱりと首を振った。

「こいつは雇われ人の知恵ってやつでさ。この先、俺が旦那を怒らせるような真似をしたって、代わりを務められる奴がいなけりゃ、簡単に首を切るわけにゃいかねえでしょうが」

「まあな」

渋々同意したナイジェルに、ジョーはにやりと笑って見せた。

「トランプ遊びみてぇなもんすよ。最後の最後まで手の内は伏せておかねえと」

グローリア号では航海中の賭博《とばく》を固く禁じているが、水夫の中にはどうしても我慢できず、ルーファスやナイジェルの目を盗んでカードやサイコロで遊ぶ者がいる。フランス人海賊との交戦で片方の足を失い、絶望のうちに自ら船を下りるまで、ジョーもそうした輩の一人だった。ただし、陸《おか》に上がってからは一度も賭事をしていない。

「遊ぶのは料理人として一人前になってから、って決めてるんで」

ナイジェルが理由を聞くと、そんな答えが返ってきた。しかし、今以てジョーが賭場に足を運んでいる気配はない。まだ自分の腕に満足していないのか。それとも他に理由があるのか。彼の真意は判らないままだ。ジョーは率直な男だが、いちいち自分の考えを言語化する習慣を持たない。彼が何を思っているか、そして感じているのかを知る手段は、もっぱら表情やその身から醸《かも》し出される雰囲気だった。

だが、本人さえその気になれば、真意とは別の印象を与えられることを、ナイジェルは思い知らされたのである。

なにも芝居が上手いのはカイトやジェフリー、そしてキットばかりではない。ジョーも大した役者だった。それはもう、むかつくほどに。

「まだ温かい……というか、熱いな」

食べやすいように切られ、差し出されたパイは威勢良く湯気を上げていた。

「焼きたてか？」

「アイ。食べ頃をお持ちしたかったんで」

「おまえだって忙しいんだ。そんな気を遣う必要はないぞ」

ナイジェルはそんな風に言いながらも、ジョーの優しさを嬉しく思った。そして食事の合間に、用事を果たして手持ちぶさたそうに自分を見つめていた彼に聞いた。

「ジェフリーから連絡は？」

「ありやせん。ただ……」

「何だ？」

「ヘボ詩人が顔を出しやがりました」

ナイジェルは眉《まゆ》を顰《ひそ》めた。プリマスに潜入していると思しきウォルシンガムの手先の動向を見張るため、町中の宿屋で寝起きをしているキットがやってきたとなれば、不穏な動きがあったと考える方がいいだろう。

「用件は？」

ジョーは肩を竦《すく》めた。

「旦那は出かけてるって言ったら、すぐに出ていきやした。俺なんかにゃ、話す気になれねえんでしょう」

「船渠にいることは教えたのか?」

「アイ、アイ」

ナイジェルはさらに眉を寄せた。

「こちらに来ないってことは、大した用事ではないのか……」

しかし、胸騒ぎは消えなかった。

「零れてますぜ」

やや して物思いに耽《ふけ》っていたナイジェルの膝を、ジョーが軽く叩いた。パイからホーズへと転げ落ちた肉片を払ってくれたのだ。

「す、すまん」

子供みたいで恥ずかしかった。ナイジェルは粗相を繰り返さぬよう、手に持っていた残りを素早く腹の中に収めた。そして、ジョーに告げる。

「幸い今日は急ぎの用もなさそうだから、キットに会いに行こう。どうしても気になる」

ジョーは頷《うなず》いた。

「お供しやす」

彼はキットのことを『主人の貞操を脅かす悪魔』として忌《い》み嫌っている。そんな輩のところに一人で行かせるのは危険だと思っているのだろう。

「付き添いは必要ないぞ」

苦笑を浮かべたナイジェルに、ジョーはもう一度、静かに言った。

「お供させてもらいやす。おひとりじゃ、危ねえ」

「見くびられたもんだな。あんな男にどうこうされる俺じゃ……」

反論していたナイジェルは、ふと眩暈を感じて口を噤《つぐ》んだ。

おかしい。

この胸苦しさは何なのだろうか。

「ジョー……」

異常を訴えようとしたナイジェルは、ジョーの顔を見て事情を飲み込んだ。

今日に限って持ち込まれた昼食。

何が混ぜられているか判らない『特製のスパイス』で味付けされたパイ。

その中に眠り薬が仕込まれていたのだ。

(トマソン先生からもらった阿片《あへん》……カイトを連れてロンドンに行こうとしたとき、見張りのみんなを眠らせるために使った……ジョーが料理の中に混入して……)

ナイジェルは痺《しび》れ始めた唇を噛みしめた。迂闊《うかつ》だった。薬の残量を確かめるべきだったのだ。

そして、残っていた場合は速やかに返却させなければならなかった。

（だが、相手はジョーだ）

ナイジェルは彼を信用しきっていた。誰よりも忠実な彼が、よもや自分を裏切るとは思わなかった。

（裏切り……だが、一体何のために？）

身体の均衡を失ったナイジェルを、素早く差し出されたジョーの腕が抱き留める。義足をつけているのに、大の男をがっしりと支え、少しもよろめくことがない。

そう、この揺るぎなさがジョーだった。

頑固なまでに誠実で強固な意志を持つ彼が、いきなり変心することなどありえない。眠り薬を盛ったのも、必ず理由があってのことだ。

「な……なにが……あった……ジョー……」

最後の力を振り絞って、ナイジェルは掠れる声を上げた。

「我慢して下せえ」

料理人は申し訳なさそうに主人の顔を見下ろした。

「こうするしかねえんだ。旦那が大人しく言うことを聞いてくれるとは思えねえ」

それを聞いて、ナイジェルは悟った。これは予め計画されたことだ。しかし、ジョーひとりで考えたとは思えない。極めて聡明だし、状況判断にも優れているが、自ら状況を打開していくよりも、誰かの命令の下で最善を尽くす方を好む男だということは判っていた。そして、自分以外にジョーに命令を下せる者がいるとすれば、それはジェフリーだけだということも。

「くそ……っ」

重くなる一方の瞼を必死に開けて、ナイジェルは吐き捨てた。自由を奪われた身体を、激しい怒りの炎が舐《な》め尽くす。

そう、ジェフリーが勝手な真似をするのは、いつものことだ。しかし、情勢を読み取るのに長《た》けている彼は、いつだって『越えてはならない一線』を心得ていた。ナイジェルに怒られるのは構わなくても、愛想尽かしだけはされたくなかったらしい。ところが、そんな彼が今回に限って匙《さじ》加減を間違えた。いや、自ら進んでナイジェルとの絆《きずな》を断つような真似をしでかしたのだ。

(よくも……よくも、俺にこんな真似を……っ)

呪《のろ》わしい眠り薬のためだけではなく、あまりにも深い絶望にナイジェルの視界が暗くなった。相棒はおまえだけだ、どこまでも一緒に行こうと誓ったジェフリーが、いともあっさりと自分を捨てていく。それが悔しかった。辛かった。予期せぬ裏切りに傷ついた心が痛くて、痛くてたまらない。

(いつからだ？　いつから、こんなことを考えて……いや、それより、俺はなぜ見逃してしまった？　何か兆候があったはずなのに)

うっかりするにもほどがある——燃え上がる怒りは何も気づかず、のほほんと構えていたナイジェル自身にも向けられた。愛するカイトの病状ばかりに気を取られ、大局を見失っていた己れが情けない。

「トーマス、ちょっくら手を貸してくんな」

ついに目を開けていることすらできなくなったナイジェルの耳に、ジョーのしわがれた声が流れ込んできた。

「メ、メイト？　一体どうしたんで？」

ジョーに抱きかかえられているナイジェルを見て、船大工のトーマスは慌てふためいていた。

「ぐったりして……急に具合が悪くなったのか？」

そう聞いたトーマスに、ジョーが首を振る気配がした。

「ネイ。俺が眠らせた」

「ね、眠らせたって……」

「詳しい話は後だ。それより、他の奴らに気づかれないうちに、旦那を外に停めてある馬車に運んでくれ」

「ア、アイ」

ただごとではないと、トーマスにも伝わったのだろう。危機を前にしたとき、グローリア号の乗組員が見せる反応は機敏だった。

「今日、メイトはここに来なかった。どこにいるかは判らない。いいか？　どんなクソ野郎に聞かれても、そう答えろ。ドックの奴らとも口裏を合わせておけ。こいつはおかしらの命令だ。余計なことを言いやがったら、サー・フランシスも黙っちゃいねえってな」

無理もないことだが、トーマスはすっかり困惑していた。脱力したナイジェルを抱き上げ、足早に歩き出した彼は、少し後ろをついてくるジョーに聞いた。

「雲隠れすんのか？」

「アイ」

「おかしらとカイトも？」

しばらく間があって、ジョーは溜息をついた。

「メイトだけだ」

その返事がナイジェルを恐怖のどん底に突き落とした。ジェフリーとカイトは姿を隠さない。それはすなわち隠す必要がなくなったからではないのか。

（もしかして、ウォルシンガム一党が急襲してきたとか……？）

敵の手に落ちた二人を思い描いて、ナイジェルは身藻掻《みもが》いた。実際には指を折り曲げることすらできなかったけれど。

「なあ、事情を話すのは後でもいいから、せめてどこに行くのかだけは教えてくれよ」

トーマスの懇願も、その意志同様に固いジョーの口を割らせることはできなかった。

「落ち着いたら、必ず連絡する。兄弟達にも、それまで大人しくしていろと伝えてくれ。皆の安全や身の振り方は、おかしらが考えて下さっているから、って」

ジェフリーの思慮の中には当然、自分の今後も含まれている。しかし、余計なお世話だと、ナイジェルは思った。ここは甲板ではない。陸に上がれば、二人は対等の存在だ。ジェフリーにあれこれ指図する権利はないし、ナイジェルもどう生きていくかは自分で決める。

(俺達はいつも一緒だった。どれほど苦しい戦いでも、力を合わせて勝ち抜いてきたじゃないか……!)

無論、ジェフリーがこうせざるを得ない何かが起こったことぐらい、判っていた。ジョーと結託してナイジェルの自由を奪ったのも、せめて親友の身だけは守りたいという彼の意思だということも。そう、手足さえ動けば、こんなところでぐずぐずしてなどいなかった。どこまでもジェフリーを追いかけ、その頭を揺さぶって、馬鹿な考えを綺麗《きれい》さっぱり振り落としてやる。そうして一緒にいるはずのカイト共々、さすがのウォルシンガムの手も届かない地の果てまで逃げるのだ。そこで命が尽きようと構わない。愛する者達と迎える最期ならば、心静かに迎えられる。ナイジェルが何よりも怖れるのは、自分だけが生き残ることだ。本当の孤独を噛みしめるだけの人生だ。

(今になってこんな思いをさせるぐらいなら、最初から声をかけるな)

初めて埠頭《ふとう》で出会ったときのことを、ナイジェルは昨日のことのように鮮やかに覚えている。

輝く金髪。息を呑《の》むような蒼い瞳。ちょっと柄は悪いが、天使みたいに美しい少年は、人なつっこく笑いかけてきた。

「家出してきたはいいが、もう帰りたくなったような顔だな、おぼっちゃん」

何の伝《つて》もない自分がどうすれば船乗りに、いやサー・フランシスのような海賊になれるのか思案していたナイジェルに、くすくす笑いながらジェフリーは言った。同じぐらいの年格好のくせに年下扱いするなんてと、いつものナイジェルなら間違いなくムッとするところだ。だが、

「僕は家出もしていないし、おぼっちゃんでもない」

そんな芸のない返答しかできなかったのは、あまりにも胸がどぎまぎしていたからだろう。母親以外の人間が、そんな風に明るく笑いかけてきたことなどなかった。『呪われた私生児』だということを知っても驚かず、態度を変えなかったのもジェフリーだけだ。

孤独の恐ろしさを知る彼は、進んで手を差し伸べてくれた。初めて友情というものの素晴らしさを教えてくれた。そう、彼の前でなら、ナイジェルも素直な自分でいられる。二人の間に隠し事はなかった。悩みを訴え、弱みを曝け出した。一人では乗り越えることが難しい問題も、二人なら解決できたからだ。そして気がついたときには、互いに相手がいない人生など考えられなくなっていた。それなのに、

(勝手に手を離すな、ジェフリー)

まだだ。まだ心構えができていない。よりにもよってこんなときに離さないで欲しかった。

ナイジェルは膨《ふく》れ上がる不安に押し潰されそうになる。そのとき、

「そこだ。荷台に寝かせてくれ」

混乱するナイジェルの耳に、再びジョーの声が届いた。と同時にふわりとした温かいものが、強ばった背中を受け止めてくれる。目が開かないので見ることはできないが、その日向《ひなた》臭さから麦藁《むぎわら》だということが判った。

「上にもかけてくれ。街道沿いにも見張りの連中がいるかもしれねえ」

「アイ」

すぐに全身を麦藁で覆われたナイジェルは、息苦しさが増したことも相まって、意識を保っていることが難しくなってきた。もはや、できることといえば、脳裏に広がる暗黒に身を委《ゆだ》ねることの他にはない。だが、

(これで片がつくと思ったら大間違いだ。カイトがどちらのものになるのか、その勝負もついていない。今後は正々堂々と戦うって、あんたは言ったじゃないか。俺もあれこれ言える立場じゃないが、抜け駆けは卑怯《ひきょう》極まりないぞ)

ナイジェルは闇の中に白く浮かび上がる親友の面影に嚙みついた。ジェフリーが自分を守ろうとしてくれたように、自分も彼を救いたい。そのためなら、どんなことでもする。見苦しくても構わない。後ろ指をさされたところで痛くも痒《かゆ》くもない。すでに生涯の一部となった大事な人を失うよりマシだった。

（棺に片足を突っ込んでいるウォルシンガムより、一日でも長く生きろ。いや、生かして見せる。おまえも知っての通り、俺は諦めの悪い男だからな）

ぼんやりとした白い顔に、ふと笑みのようなものが宿った気がした。おそらく、彼がここにいても同じ反応を見せただろう。

「やれやれ……」

きっと、そんな風にボヤきはするものの、隠しきれない嬉しさを滲《にじ》ませて。

（そうだ。諦めるのは、まだ早い）

ナイジェルはやっとのことで奥歯を嚙みしめ、決意を新たにした。ここで自分が投げ出してしまったら、全てが終わる。ジェフリーとの友情も、カイトへの愛情も行き場を失ってしまう。そんなことは到底、我慢できるものではない。ナイジェルにとっては、魂を引き裂かれるにも等しいことだ。

「じゃあな」

「気をつけろよ、ジョー」

「そっちこそ。ルーファスの旦那にも……」

ナイジェルの意識が薄れていくにつれ、ジョー達の声も遠ざかっていく。

眠くてたまらなかったが、それでも馬車が動き出したのは判った。

この道はどこへ続いているのだろうか。

判らない。

だが、今は導かれるまま、進むしかなかった。

どれほど回り道をしても再びジェフリーに、そして愛するカイトに出会うために。


「……お目覚めですかい？」

リリー達が文句を言うのも当然だ。嵩《かさ》を増やすために得体の知れないものが混ぜられた阿片が切れたときに味わう苦痛は、ただでさえ高ぶっているナイジェルの神経をさらに逆撫《さかな》でするようなものだった。ここでもまた『報い』を受けたというわけである。

「旦那……？」

何とか眼を開けたものの、一向に起きあがる気配を見せない主人を覗き込むジョーの心配そうな表情が気に障る。彼はジェフリーの命令を遂行しただけだ。それもナイジェルの身を案じたがゆえのことだった。悪いことはしていない。裏切られたなどと思う方が身勝手で恩知らずなのだろう。そんなことは判っている。それでも今は放っておいて欲しかった。同情を寄せられることすら煩わしい。あんなにも怖れていた孤独が、このときばかりは素晴らしいもののように思えた。大事な人々を守ることができなかった不甲斐《ふがい》ない自分を嘲《あざけ》り、ウォルシンガムの執拗さを呪い、自己憐憫《れんびん》に浸りきって胸の痛みに七転八倒している姿を、誰にも見られたくない。

そう、敗北者にも誇りはあるのだ。

「水はどうです？　何か食べるものを持ってきやしょうか？」

いつものようにまめまめしく世話を焼こうとするジョーは、一人では起きあがれないのだと勘違いして、主人の身体に手を伸ばした。

「……っ」

我慢の限界を迎えたナイジェルが炊事で荒れた手を思いきり払いのけると、寝台の方に身を乗り出していたジョーは均衡を失い、床に倒れてしまった。

水夫を激しく罵倒《ばとう》することはあっても、乱暴を働くことは滅多にないナイジェルは、思わず息を呑んだ。罪悪感も大波のように押し寄せてくる。だが、動くことも、謝罪の言葉を発することもできなかった。

ジョーも苦痛の声ひとつ、上げようとしない。やるせない沈黙が流れる中、静かに身を起こすと、そのまま部屋を出ていった。いつだってナイジェルの望みに応えてきた彼は、今度もその意に従ったというわけだ。

（そう、彼は判ってくれている）

ジョーの好意に甘えることしかできない自分が、ナイジェルは情けなかった。

だが、そんな思いまでして守ろうとした孤独は、ややしてあっさりと破られた。

「麗《うるわ》しの君はご機嫌斜めだそうで」

最も避けたいと思っていた男が、いつもと変わらぬ明るい声と共に姿を見せた瞬間、敬虔《けいけん》なナイジェルでさえ神を呪いたくなった。

「そうしたくなる気持ちも判らないわけじゃないが、目覚めた途端、ジョーに殴りかかるっていうのは感心しないねえ。おまえさんが目覚めるまで、自分は不眠不休で側についていたほど健気《けなげ》な野郎なんだぜ。もっとも、そいつは俺を寄せつけないためかもしれないが」

キットことクリストファー・マーロウは悪戯《いたずら》っぽくそう言って、片目を瞑《つむ》ってみせた。本当に一挙手一投足が気に障る男だ。

「殴ってはいない」

「じゃ、痛そうに義足がついている方の足をさすっていたのは?」

「手を振り払った拍子に倒れたんだ。それより、ここはどこだ?」

ナイジェルは嫌味に付き合う気分になれなかったため、話題を変えることにした。ジョーと違って、簡単に追い出せる相手ではないことは判っている。ならば、比較的ましな話で、この拷問《ごうもん》にも等しい時間を乗り切るしかない。

「バックランド・アビィだよ。ジェフリーと遊びに来たことがあるだろ?」

ナイジェルは身を起こし、辺りを見回した。確かに何度か訪れたことはある。しかし、そのときに割り当てられたのは、もっと上等の部屋だった。

（そいつもジェフリーのおかげか……）

ふと、胸を過ぎった思いにほろ苦い笑みを閃かせたナイジェルを、目敏《めざと》いキットが見逃すはずもなかった。

「何をニヤついてる？」

「別に」

今度も説明する気にはなれなかった。何を思い、何を感じているのか、いちいち説明するのは面倒だし、そんなことをしてやる義務もない。勤勉であることを美徳としてきたナイジェルだが、今は何をするのも億劫《おっくう》だった。たっぷり眠った、もとい、眠らされていたにも拘《かかわ》らず、一向に疲れが取れていないのは、それが肉体的なものではないからなのだろう。絶望はいともたやすく気力を挫《くじ》くものだ。そして、そこから立ち直るのは容易ではない。ジェフリーとカイトを取り戻すという目的がなければ、ナイジェルも倦怠《けんたい》感に身を任せてしまったかもしれなかった。

「身支度を済ます。しばらく部屋から出ていろ」

「別に俺は構わないぜ」

「俺が構う」

隙《すき》あらば自分に言い寄ろうとする不埒《ふらち》な男の前で、チェンバー・ポットを使う気にはなれなかった。じろじろ見られながら用を足せるほど、ナイジェルの神経は太くない。

「つまみ出して欲しいんなら、そう言え。貴様を殴るのに躊躇《ちゅうちょ》はしない」

ナイジェルは冷ややかに告げ、グズるキットを追い出すと、生理的な欲求を満たした。そして、思う。どんなに辛いことがあったときも、人間は排泄《はいせつ》をせずにはいられない。今は食欲がないけれど、いずれ腹も減るだろう。それが人間という生き物の滑稽なところだ。動物としての本能が、悲劇に浸りきることを許さない。生への欲求は、美学を遥かに凌駕《りょうが》する。そう、誰もがペトロニウスのように粋な生涯を送れるわけではなかった。凡人は肉体という檻《おり》の中で、必死に生きていくしかない。幸せだった頃は素晴らしさしか目に入らなかったが、生きるという行為には厄介な一面もあるのだ。

「入ってもいいぞ」

気を取り直したナイジェルがそう告げると、間髪入れずにキットが戻ってきた。

「状況を説明しろ」

「その前にこれで一息つきなって」

キットが差し出したのは白ワインがなみなみとつがれたマグだった。おそらくジョーが用意していたものだろう。彼の哀しげな表情を思い出してしまったナイジェルは、口の中に広がる苦さを拭うためにマグを受け取った。

「さて、どこから説明しようか?」

そう言って擂《す》り合わせたキットの手に杯はなかった。すでに廊下で一杯やってきたのだろう。

だが、彼が酒を飲んでいるのかどうかを、その態度から判断するのは難しい。一滴たりと口にしていなかったとしても、気分が高揚しているのが常なのだ。彼を酩酊《めいてい》させるのは、たぶん酒だけではないのだろう。自らが置かれた状況にすら酔うことができる男だった。

「おまえはジェフリーの計画を知っていたのか?」

ナイジェルは最も気がかりだったことを聞いた。

「いいや。俺も騙された口だ。うっかり、おまえさんに喋るんじゃないかって用心していたんだろう」

「そうか」

キットの返事を聞いて、ナイジェルは内心ホッとする。

「全て心得ていたのはジョーだけさ。彼といい、あんたといい、ジェフリーってのは人を見る目があるね。飼っている犬と同じで、ジョーは主人の命令しか聞かない。しかし、その主人を守るためなら、ジェフリーに忠誠を誓うこともやぶさかじゃないってことをちゃんと心得てるんだ。忠実さなら水夫長やユアンも負けないだろうが、彼らには守らなくちゃいけないものが他にもあるからな」

普段がへらへらしているからといって、決してジェフリーを舐めてはいけない。笑顔の裏で策謀を巡らすこともできる男なのだ。そんなことはナイジェルが一番判っていたはずなのに。

「ジョーについては本人に聞くとして、貴様の役割は?」

ナイジェルの問いに、キットは肩を竦めた。

「端的に言えば『連絡係』だ。この地方で唯一、ウォルシンガム閣下に嚙みつくことができる人物に助っ人を頼みに行った」

それがバックランド・アビィの当主、サー・フランシス・ドレイクであることは言うまでもない。ナイジェルが救いを求めるとしても、やはり彼を頼るだろう。

「で、閣下は？　助けに行ってくれたのか？」

キットはゆっくりと首を左右に傾けた。

「行ったには行ったが……」

「何だ？」

「さすがのドレイクも、星室庁《スター・チェインバー》から出された逮捕状の前には手も足も出なかった。『グローリア号』の水夫達は雇い主の命令に従ったに過ぎない、さらに地元で起こった騒乱事件を裁く権利は市長である自分にあると強硬に抗議して、一緒にロンドンに連れて行かれそうになっていたルーファス達を取り戻すのが精一杯だったよ」

サー・フランシスは精一杯やってくれたのだろう。それでも失望の思いが、ナイジェルの胸に湧き上がる。

「星室庁ってことは、女王陛下もカイトとジェフリーの逮捕に同意したのか？」

「いや、陛下のサインはなかった。例によって例のごとく、臣下の言いなりになるのを渋ったんだろう。命令は秘書長官の名で出されていたそうだ」

「カイトに対する陛下の好意は消えていないだろうか？」

キットは眉を顰めた。

「正直、判らん。移り気なことで有名な女だからな。新しいおもちゃを見つけると、古い方は目もくれないよ」

「そうか……」

ナイジェルは溜息をついた。聞けば聞くほど、気が滅入ってくる話だ。

「そもそもジェフリーの罪は何なんだ？　スペインへの不法渡航か？」

キットは苦笑した。

「そんな生易しいもんじゃない。逮捕状を出したのは星室庁って言ったろ？　イングランドと女王陛下に対する反逆罪だよ。収監されるのもニューゲート監獄さ」

一度入ったら、出るときは処刑の日と言われている監獄の名を聞いて、ナイジェルはさーっと血が引いた。

「反逆だって？」

愕然としているナイジェルを見て、キットは微かな同情の色をその瞳に浮かべた。

「何でもスペインの間諜《かんちょう》であるカイトと手を組み、国内に争乱の種を蒔《ま》こうとした容疑らしいぜ」

ナイジェルは彼の表情を眼にした途端、衝撃から立ち直っていた。いけすかない輩から哀れみをたれられることほどムカつくことはない。そんな目に遭いたくなければ、もっとしゃんとしなければ。

「その容疑を裏づける証拠はあるのか？」

「ウォルシンガムが『蠍《さそり》』、つまりラウル・デ・トレドとは別口で雇っている間諜から、信用に足るタレ込みがあったそうだ」

「ハ……！」

ナイジェルは片手と共に鋭い嘲笑《ちょうしょう》を上げた。

「トレドにいいようにあしらわれていたくせに！　今度の奴が嘘をついていないと、どうして判る？」

キットはもっともだというように頷いた。

「カイトの予言を怖れたスペイン側の陰謀かもしれないしな」

「だったら……！」

さらに抗弁しようとしたナイジェルの唇を、すっと伸びたキットの人差し指が押さえた。

「真実だろうが虚偽だろうが、ウォルシンガムの旦那には関係ないのさ。彼は不確定な要素を嫌う。まやかしを嫌う。どこの馬の骨とも判らないガキの戯言《たわごと》のせいで、自分の計画を邪魔されることなど我慢ならないんだ」

ナイジェルはうるさい指を叩き落とした。

「カイトが邪魔をするとは限らないだろう！」

「だが、しないとも言い切れない。カイトは見てきたように未来を語るが、当人の動きは全く予想ができない。ウォルシンガムが怖れているのはそこだ。いずれ障害になるかもしれないのなら、小さなうちに芽を摘んでおく。その冷徹さが、彼を今の地位まで引き上げたんだ」

キットはふと溜息をついた。

「ある意味、女王のお気に入りになったことが、カイトの不運だったかもしれん。秘書長官の意見に真っ向から対立することができる、つまり政敵のような存在になれるのは今や陛下しかいない。自分の進言よりもカイトの予言が重んじられるような羽目に陥ったら、長い時間をかけて築き上げてきた権威も瞬く間に失墜だ。閣下にとってはまさに悪夢だろうよ」

ナイジェルは呆然《ぼうぜん》と呟いた。

「権力……カイトはそんなものを欲しがったりしないのに……」

キットは頷いた。

「そうだな。だが、そいつを何よりも強く求めている人間には、欲しがらない人間がいるってこと自体が信じられないんだよ」

「……他の閣僚も同じ意見なのか？」

「さあな。それはロンドンで調べてみないと」

その言葉が、ナイジェルにやるべきことを教えた。

「ならば、ロンドンに行く」

「ちょ……」

今にも飛び出していきそうな気配を見せたナイジェルに、キットは慌てた。

「待てよ！　ジェフリーの思いやりを無駄にする気か？　何のためにおまえを一件から遠ざけたと思うんだ？」

ナイジェルは即答した。

「仲間を守るためだ」

「だったら……」

「ジェフリーもそうだ。海の兄弟は決して仲間を見捨てない」

「ああ、くそっ！」

キットは抱えた頭を乱暴に掻《か》きむしった。

「海の兄弟！　その言葉を聞くと、虫酸《むしず》が走る！」

「それは貴様が陸者だからだ」

「そいつもだ！　何をしても、何を言っても、おまえらは最後には馬鹿にしたように『所詮は陸者だから』で済ます。くだらない単語で俺を排斥するな！」

そう叫んだキットは、平然と自分を見返しているナイジェルを睨《にら》んだ。

「どうしてもって言うんなら、俺がついていく」

ナイジェルは唇の端を上げた。

「仲間になりたいのか？」

「いいや」

キットは自ら乱した頭を、今度はゆっくりと撫でつけた。

「仲良しごっこは俺の性に合わない。いつだって俺は特別の存在でいたいんだ。おまえさんにとってもな」

芝居がかった仕草――こんどは何に酩酊しているのだろうか。だが、ナイジェルの興味を引くものではないことは確かだ。

「ならば、かけがえのない存在だと思えるよう、せいぜい力を尽くしてもらおうか」

「ああ」

キットは珍しく真剣な表情を浮かべた。

「ロンドンは俺の庭だからな。どこへでも連れていってやるし、誰とでも会わせてやる。ただし、その先に起こることまでは責任を持てない」

ナイジェルは頷いた。

「判っている。それは俺の仕事だ。では、ジョーの話も聞こう」

彼を迎えに行こうとして歩き出したナイジェルは、先程まで重くのしかかっていた倦怠感が消えていることに気づいた。

「ふ……」

思わず苦笑が洩れる。そう、仲良しごっこがキットの性に合わないものだとしたら、無為に過ごすことこそは最もナイジェルの性に合わないものなのかもしれない。愛する者を奪われた痛みを消すことができないのなら、とことん動き回ることで気を紛らわせたかった。

（労働はエデンを追放された人間に科せられた罰だと、聖書は言う）

だが、それは一種の恩寵《おんちょう》でもあったのだと、ナイジェルは今になって思う。

そう、一心不乱に仕事に打ち込んでいる間は、楽園の思い出に浸り、後悔の涙を流している暇もないだろうから。

4

鉄格子の上で焼き殺された聖ロレンソに捧げられた修道院――その回廊を巡りながら、ビセンテはいつものように『ヨナ書』の暗唱を始めた。

「……人々は彼に言った。『われわれのために海が静まるには、あなたをどうしたらよかろうか』。それはますます海が荒れてきたからである……」

すっかり顔見知りになった修道士達も、今の時間は礼拝堂や写本室などでそれぞれの仕事をしている。だから、辺りに響くのは石床を打つビセンテの足音と声だけだった。

「……ヨナは彼らに言った。わたしを取って、海に投げ入れなさい……」

寛大なるフェリペ二世陛下の命により宮殿暮らしをすることになったものの、何もすることがなければ、これといってしたいこともない。

大っぴらに友人を名乗るようになったスペイン宮廷の華アロンソ・デ・レイバが、ぼんやりしているだけのビセンテを案じて狩りに、夜会に、とまめまめしく連れ出してくれるのだが、実際のところ、少しも愉しめなかった。

かつては憧《あこが》れの場所だった王宮も、実際暮らし始めてみると、さしたる魅力はない。暗い顔つきをしているビセンテに、『慣れてくれば違った面も見えてくる』とアロンソは慰めてくれたが、それだってビセンテの好みに合うかどうかは定かではなかった。

(私がなりたかったのは力を持った貴族であって、必ずしも宮廷貴族ではなかったのだろう)

だが、宮廷に足を踏み入れずに権力を得ることなど、ほとんど不可能だということも判っていた。

(あなたが羨《うらや》ましいな、アロンソ)

彼はどこにいてものびのびと振る舞い、注目の的になることを平然と受け入れ、ビセンテには無為にも思える日々を謳歌《おうか》している。いや、一緒に過ごすようになって知ったのだが、ときには退屈を覚えることもあるらしい。それでも陽気な態度は崩さず、場を白けさせたりもせず、むしろ自分から新たな娯楽を提供したりもする姿は、まさに宮廷人の鑑《かがみ》と言えた。

(王弟陛下と髪の色が同じだったというだけでは、ここまでのし上がることはできない。王のお気に入りになるには、それなりの理由がある)

一方、ビセンテときたら相変わらず馬に乗るのは苦手だし、賭事《かけごと》をする金は持っていないし、気の利いた会話もできないし、暇を持て余した貴婦人の秋波も煩《わずら》わしいだけだ。

「ふ……」

暗唱を途切れさせて、ビセンテは冷笑を浮かべた。向き不向きで言えば、ビセンテは間違いなく宮廷暮らしには向いていない。質素で規律を重んじる船上の暮らしに慣れた者にとって、そこはあまりにも爛《ただ》れすぎていた。

（一緒に腐ることができたら楽だったんだろうな）

実を言えば、ビセンテもお節介なアロンソが『生の歓びを取り戻すため』と称して送り込んできた女と、畏《おそ》れ多くも王宮内の中庭で事に及ぼうとしたことがある。しかし、いざとなると、綺麗《きれい》さっぱりその気が失せてしまい、余計に落ち込む羽目になったのだ。

「……そして人々はヨナを取って海に投げ入れた……」

暗唱を再開したものの、ビセンテは当時の記憶からなかなか抜け出すことができなかった。誇りを傷つけられ、憤然と立ち去る女の後ろ姿を呆然《ぼうぜん》と眺めながら、ビセンテは己れに問いかけた。おまえは生の歓びを取り戻したくないのか。半ば魂が抜け出たような状態で、これからも生きていくのか。いや、生きていけるのか、と。

「……わたしは悩みのうちから主に呼ばわると、主はわたしに答えられた……」

正直なところ、自信がない。

進んで命を捨てるつもりはなかったが、生きていくのも辛《つら》いのだ。

苦悩に押し潰《つぶ》されそうになったビセンテの足は、当人も意識しないまま、王宮の礼拝堂へと向かった。

自分から愛する者を取り上げた神。

一時は激しく呪《のろ》ったこともある神に縋《すが》るために。

ヨナ書を読み、少しずつ暗記するようになったのも、その頃からだった。

この定められた運命から逃れようと足掻《あが》くヘブライ人は、船乗りには馴染《なじ》みがある。祖国を立ち去るときに海路を使い、自分のせいで乗り込んだ船を神の怒り――すなわち激しい嵐に巻き込んだという、まさに迷惑千万な男だったからだ。

迷信深いのと同じぐらい信仰に厚い水夫が、災厄を招きやすい者や足手まといをヨナと呼び、忌《い》み嫌うのもこの聖書の一節が原因だった。

「……わたしが陰府《よみ》の腹の中から叫ぶと、あなたはわたしの声を聞かれた……」

他の者に迷惑をかけまいとして自ら海に投じられることを望んだ彼は、巨大な鯨に飲み込まれ、三日もの間を腹の中で過ごしたという。そして回心を知った神は、鯨に命じてヨナを陸に吐き出させた。

まさに奇跡の顕現だ。

しかし、ビセンテの心を動かしたのはそこではない。この挿話が大事な思い出を蘇《よみがえ》らせたからだ。

邪悪な神父によって海に投げ出されたものの、無事に生還を果たしたカイトのことを。

そう、聖書への耽溺《たんでき》は、過去に対する執着だった。ヨナ書自体がとても短く、覚えることにさしたる苦労がなかったのも、暗唱を思い立たせた一因と言える。

生まれて以来、ここまで熱心に主の教えを読んだことはない。心を奪われたこともなかった。ビセンテは一字一句を愛《いと》おしんだ。その全てが忘れ得ぬ人の面影を、鮮やかに蘇らせてくれるからだ。ふと気がつけばカイトを想っているように、口を開けば聖なる文言が溢《あふ》れ出すことも普通になっていった。

「……『わたしはあなたの前から追われてしまった。どうして再びあなたの聖なる宮を望みえようか』……」

主の慈悲を伝える物語を読みながら、禁じられた愛の記憶に浸る。

教会の人間なら、口を揃《そろ》えて『冒瀆《ぼうとく》だ』と非難するだろう。

だが、本当にそうなのだろうか。

少なくともヨナ書に登場する神は違うような気がした。

「……しかし、わが神、主よ。あなたはわが命を穴から救いあげられた」

この神には偏狭さというものがない。

自らの意に反したヨナを許し、ユダヤの敵であるニネベの人々をも許す。

罪人であっても、異教徒であっても、それまでの行いを改めさせる強さと、悔いた者を許す優しさがあった。ビセンテはそこに強く惹《ひ》かれたのである。

「……わが魂がわたしのうちに弱っているとき、わたしは主をおぼえ、わたしの祈りはあなたに至り、あなたの聖なる宮に達した」

自分でも嫌になるほど、未練がましい男――それがビセンテだった。未だに終わった愛、受け入れられることのなかった愛を捨てることができずにいる。

けれど、その愛によってもたらされる苦しみからは逃れたかった。どうにかして救って欲しかった。

とはいえ、そんなことができる人間は一人しかいない。そして、その人はもう二度と自分の前には現れないことも判っていた。

ならば、どうすればいいのか。

妹マリアが病死したときも、ビセンテは残酷な運命をもたらした神を恨んだ。信仰を捨てるまでには至らなかったが、熱心なカトリックではなくなった。教会に行き、祈りを捧げてはいても、心から主を信じていたわけではない。

しかし、ここに至って、ビセンテは気づいた。

人が本当に救われたいと思ったとき、脳裏に浮かび上がるのは人智を越えた存在だけだということを。

そう、真に絶望した者だけが神を見るのだ。

その神が自分を哀れんでくれるかどうかは、また別の問題として。

「……わたしは感謝の声をもって、あなたに犠牲をささげ、わたしの誓いをはたす。救いは主にある」

自分には支えが必要なのだと、ビセンテは思った。最終的に、つまり命を全うした後に救いの手が差し伸べられなかったとしても構わない。天国に行くことが望みではなかった。そんなことよりも、今はしがみつくことができる確かなものが欲しい。これから先も生きて――一人でこの世を渡っていかなければならないとするならば。

「……っ」

鋭い痛みが走り、ビセンテは足を止めると、胸元を押さえた。密命を受けてイングランドに潜入しているときも孤独は感じた。だが、カイトを失ったときとは比べものにならない。もう二度と、あんな風に誰かを愛することはないだろう。失恋のあとは誰でもそう思うものだが、ほとんどの者はいずれ新しい相手を見つける。だが、

(彼の代わりはいない。それが判っていたから、どこまでも追い求めた。私だけのものにしたかった)

ビセンテには同性を愛する嗜好《しこう》はない。カイト以外の少年を抱きたいとも思わない。共寝をすることができなくても、側にいてくれさえすればいいと思ったのは赤毛の少年だけだった。この先肉欲が蘇り、気に入った女と同衾《どうきん》することがあったとしても、心底満足することはないのだろう。一時の興奮が過ぎ去った途端、ビセンテは再び考え出すからだ。本当に欲しいものは別にある、と。もはや、どうあっても手に入れることはできないからこそ、その思いは募る一方だった。

「救いは主にある。あなたに犠牲を捧げ、わたしの誓いをはたす」

ビセンテはその一節を再び唇に乗せ、ゆっくりと歩き出した。

カイトへの想いを捨てることはできない。

だが、それが終わった愛であることも事実だ。

ビセンテは二度と呪わしい感情を抱かぬと誓うことで、神の許しを乞うことにした。

そう、罪を贖《あがな》わずに救いを求めるのは、図々しいにもほどがある。やはり、対価は必要だ。

肉欲から犯した罪ならば、その大元を断つのが一番だろう。よって、ビセンテは禁欲の道を選ぶことにした。他人と肌を合わせるのはもちろんのこと、カイトを思い浮かべながら自らに触れることも固く戒める。俗世にいながら修道士のように、いや、修道士よりも厳格に我が身を律するのだ。もちろん、難しいことは判っているが、そうでなければ意味がなかった。誰もが易々と成し遂げられる行為では、償いにはならない。

(罰を受け、罪を贖えば、いつかは救われる。この苦しみも取り除いてもらえる。そう信じたい。今の私にはそうすることしかできない)

ビセンテは頭を垂れ、ヨナの神に祈った。その深い慈愛に包まれて、荒れ狂う嵐の海を乗り切りたかった。

そう、叶うことならば。

「ビセンテ様」

そのとき、ふいに回廊の向かいから声がかかった。

「瞑想《めいそう》のお邪魔をして、申し訳ありません」

ビセンテは視線を上げ、僅《わず》かに口元を緩めた。

「構わん。そろそろ切り上げようと思っていたところだ」

眩《まぶ》しいほどに輝く金髪を持った少年が、恭《うやうや》しく腰を折っていた。甲板では船長付きの見習い水夫、そして宮廷では小姓見習いとして遇されているレオだ。

「陛下のお召しです」

「判った。おまえが呼びに来たということは『王妃の間』だな？」

「はい」

限られた廷臣と内密の相談をするとき、フェリペ王は人気《ひとけ》が途絶えた亡き王妃の部屋を使う。初めてカイトと共に王宮に上がったとき、案内された場所だ。

近侍を迎えに寄越すと、王の動向に敏感な貴族の耳目を集める恐れがある。ゆえにビセンテが召されるときも、近衛隊員の中でも特に忠実であることで知られたペドロ・デ・パチェコが別の用事でレオを呼び寄せ、彼の代理を務めさせるのが常だった。

「衣装はどうだ？　改めた方がいいか？」

軽く両腕を拡げてみせたビセンテを素早く一瞥《いちべつ》して、レオは首を振った。

「そのままで大丈夫です」

違いない。

ふと、ビセンテの胸を寂しさが駆け抜けた。かつてのレオだったら、その後にこう続けたに
「そうか」

「レイバ様に勝ちたいだなんて、馬鹿げたことを考えていなければの話ですけど」

少し辛《から》みが利いているけれど、悪気というものを感じさせないレオの受け答えが、ビセンテは好きだった。何となくやる気が起きないときも、彼と言葉のやり取りをしているうちに元気を取り戻せたりもしたのだ。

だが、ラウル・デ・トレドの汚い謀略に巻き込まれて以来、レオは生来の快活さを失ってしまった。心地よく耳に響いた笑い声も、絶えて久しい。

（それだけでもあの野郎は万死に値する）

ビセンテは心の中でトレドを呪った。本当に自らの手で命を奪えなかったことが無念でならない。どこか――――おそらくはネーデルラントの空の下で、今ものうのうと暮らしているのかと思うと、再びスペイン領になった場合のことも忘れ、かの国をとことん攻め滅ぼしてしまいたい欲望に駆られる。

（もっと早く、私があの男の正体に気づいていれば……）

もちろん、許すべからざる悪党だと判っていても、カイトの病を防ぐことはできなかっただろう。しかし、性格が変わってしまうほど、レオが傷つくことは避けられたはずだ。

(本当に可哀想なことをした)

そう、実の弟とも思う少年の心は、今も目には見えない血を流し続けている。

トレドに騙《だま》され、カイトを奪われてしまったことに。

多勢に無勢とはいえ、敵に屈服させられたことに。

自分の代わりにカイトを守れという主人の命令を遂行できなかったことに。

そして、何よりも命がけで守ったカイトに、実は裏切られていたという事実に。

「嘘《うそ》だ……そんなの嘘でしょう、ビセンテ様！」

カイトはトレドに連れ出されたのではない、最初から敵の裏をかき、イングランドから救助にやってきた仲間と共に逃げ出すつもりだったのだと聞かされたレオは、正視するのが耐えられないほどの動揺ぶりを見せた。

(敵に誇りを傷つけられただけではない。味方と思っていた者に背を向けられてしまったのだからな)

レオは床に伏せがちになっていたカイトの世話を、何くれとなくやいていた。最初は距離を置いていたカイトも、次第に彼に心を開くようになっていた。ビセンテの言葉を決して疑わないレオは、赤毛の少年がずっとスペインで暮らすのだと信じていた。よもや自分だけではなく、ビセンテまでをも平然と欺《あざむ》き、イングランドへ逃げ帰る算段をつけているとは思いつきもしなかった。だから、トレドの手下にも命がけで立ち向かったのだ。

（レオにとって、カイトは身内同然になっていた。一緒にいることを容認するだけではなく、好意も抱くようになっていたのだろう）

面倒を見ていれば、獣にだって情は湧《わ》いてくる。ましてや、相手は多少の差こそあれ、同じ年頃の少年だ。世間から隔絶された海上に連れ出され、主人の世話に追われていたレオにとって、カイトは初めての友人となり得る存在だった。

（期待が大きかったぶん、失望も激しかったに違いない）

スペインに来たのはカイトの本意ではなかったのだから、機会さえ訪れればイングランドに帰ろうとするのは当たり前だというビセンテの言葉にも、レオは納得しようとはしなかった。

「敵だと言うのなら、なんでビセンテ様に頼るんです？　なんで僕に笑いかけたりしたんですか？　それも油断させるため？」

ビセンテは首を振った。

「そんなつもりはなかっただろう」

「じゃあ、何のためですか？　少しでも居心地を良くしようとして、阿《おもね》っていたとか？」

「レオ……」

「だとしたら、軽蔑《けいべつ》する！　そんな汚い真似をする奴を、本気で心配していた僕も馬鹿だった！」

涙を流すまいとして、きつく唇を嚙《か》みしめているレオを見て、ビセンテは彼を慰める言葉も、そしてカイトを庇《かば》う言葉も失った。怒りと哀しみに満ちたレオの心には、どんな声も届かない。彼の気が静まるまで、そっと見守るしかないことが判ったからだ。

（だが、それも今となっては正しかったのかどうか……）

ビセンテは改めてレオを見つめ、内心溜息《ためいき》をついた。確かに表面上は落ち着き払っている。だが、怒りが消えたわけではないことは、よそよそしくなった態度からも明らかだ。そう、彼はビセンテに対しても機嫌を損ねている。逃げたカイトを今も女々しく思い続けている主人が、もどかしくてたまらないのだ。

（まだ幼いレオはどんな疑問にも明確な答えを求める。正邪の判断をつけたがる。だが、人の心の果てしない深みを正確に測れる者はいないし、そこから導き出される答えが必ずしも万人にとっての正解とも限らない）

いつの日か、レオも気づくだろう。自分の生きる世界は、子供の頃に思っていたよりも複雑なのだということに。そして、その中で扱いにくいものが己れの心だということも。

しかし、それは今ではないし、いつ来るかも判らない。

よって、ビセンテにできるのも、このまましばらく、ただひたすらにレオを見守る、ということだけになる。

（おまえが思っている以上に、私は自分がもどかしいよ）

己れの無力さが、ビセンテは情けなかった。いざというとき、その手は何の役にも立たない。

愛するカイトも、家族同然のレオも救えない。差し出したところで、苦しみを癒《いや》してやることもできないのだ。そもそも自分の面倒も見ることができず、支えが欲しいなどと甘えたことを抜かしている男に、他人を助ける力があるはずもなかった。

（こんな私でも、おまえは見捨てずにいてくれる）

幼さを残しているのは確かだが、もう無邪気な子供でもなかった。レオは日々成長しているのだ。むしろ、今ではビセンテが面倒をかけていることの方が多い。たぶん、レイノサの騎士、バレーサ家の当主として一人立ちする日も、そう遠くないのだろう。

勇敢で賢いレオは、単なる従者として一生を終えるような人間ではない。海軍に残るにしても、陸に上がるにしても、一廉《ひとかど》の男になるのは間違いなかった。

（おまえが巣立っていくのは喜びだ。だが、寂しくないと言えば嘘になる）

ガリガリに痩《や》せ、泥だらけになったレオが転がり込んできた日のことを、ビセンテは決して忘れない。食事と休息を与え、仕上げに身体を洗った途端、物乞いのようだった彼が、天使のように愛らしい少年に変身したことも。そして、

（いずれは嫉妬《しっと》でアロンソが青ざめるほど、美しい青年になるに違いない）

まだ好敵手を育てていることに気づいていないリオハの騎士殿は、陸軍閥の子息しか通うことができない王立剣技学校に掛け合い、レオを生徒の群れに加えてくれた。ときに寵臣《ちょうしん》であることを振りかざすアロンソが鼻につくこともあるが、この件に関してはビセンテも素直に感

謝している。ここで基礎から叩《たた》き込まれれば海軍はもちろん、陸軍でも通用する剣士になれるのは間違いないからだ。

(文句を言うつもりはないが、さても物好きな男だな)

アロンソがレオに好意を示すのは、その主人同様、自分の権威にひれ伏そうとしないからだろう。あるいは酒の飲み比べで自分を負かしたからかもしれなかった。いずれにしても、一見人当たりの良さそうな彼が、実のところ滅多に他人を好きにならないことに、ビセンテは気づいていた。おそらく他人にあっさり心を開くような者は、王の寵愛を巡って策謀が渦巻く宮廷では生き延びることができないのだろう。アロンソはよくよく見極め、これならばと思う相手にしか近づいて来ない。本当は気難しいし、扱いにくい男なのだ。しかし、一旦好意を得てしまえば、これほど気前が良く、頼りになる男もいなかった。

(私の身に何か起こっても、レオにはアロンソがついていてくれる。後ろ盾としてはこの上ない存在だ)

常々レオの将来を案じているビセンテにとって、彼との出会いは主の恵みだった。レオが軍に身を投じるにしろ、宮廷で活路を見いだすにしろ、寵臣の口添えがあれば、順調な第一歩を刻めることは間違いないからだ。利害が複雑に絡み合っている宮廷で、身分の低い者が成功するには実力はあって当然、さらに強力なコネが必要だということは、ビセンテ自身が嫌というほど味わっている。自分が潜ってきたような苦難から、可愛《かわい》い弟を遠ざけてやりたいと思うのが人情というものだった。

（レオには余計なお世話だと思われるかもしれないが……）

元々しっかりした子だったが、近頃は主人を頼ることもほとんどない。勝手な言いぐさだが、ビセンテは少しそれが寂しかった。本当なら、もっとゆっくり大人になってもいいはずだったからだ。

（希望だけを胸に抱いてレイノサからやってきた天真爛漫《らんまん》な少年は、どこかに消えてしまった。もう一度、会えるかどうかは判らない）

そうならざるを得なかった理由を思い出して、ビセンテの胸はまた痛んだ。だが、時を戻すことはできないのだ。どれほど不本意な結果でも受け止めて、自分の中で昇華しなければ先に進むことは難しい。

レオは、未だ悲嘆に暮れることしかできないビセンテよりも、よほど上手《うま》くそうしているようだった。傷心は癒えず、苦しんではいても、しっかりと前を見据《みす》えて歩きだしている。

（本当にいついかなるときも、おまえは私を失望させないな）

剣の師匠が授ける厳しい鍛錬、そして同級生による新顔いびりのおかげで瞬く間に逞《たくま》しさを増したレオは、今や剣技でも殴り合いでも滅多に遅れを取ることがなくなっていた。ビセンテが忌み嫌う乗馬も見事にこなすし、王宮に出入りする貴族の素養として欠かすことができない宮廷舞踊もやすやすと身につけている。加えて生来の美貌《びぼう》と物腰の優雅さ、そして目上の者に対する気配りの細やかさまで備えているのだから、注目の的になるのは致し方ない。

同世代のそれは嫉妬に満ち満ちていたが、彼らの父や兄が向けるのは賞賛の眼差しだけだった。馬や剣と同様、優れた従者を召し抱えていることを自慢したい彼らは、先を争ってレオを譲ってくれるよう、ビセンテに申し出たものである。

だが、本人の意思を確認しても、返事はいつも『ノー』――どんな厚遇の申し出もレオの興味を引くことはできなかった。不器用な主人同様、誠実なレオも二君に仕える気はないのだ。彼に命令できるのも、無条件で命令に従うのもビセンテだけだった。

そのことを見抜いていたアロンソも、レオを気に入っていることを隠そうともしない一方で、彼を寄越せとビセンテに迫ったりもしなかった。結局のところ、その下心のなさが少年の好意を勝ち得たのだろう。レオも彼の前では素の自分を見せていた。もっとも、アロンソが不機嫌な顔や苛立《いらだ》ちを滲《にじ》ませた声を、已れに対する好意の表れと解釈しているかどうかは定かではない。ビセンテには理解できないし、したくもないが、リオハの殿は阿らない相手にしか興味が持てない変人だから、単に冷たくされていたとしても喜びを感じるのかもしれなかった。

「この後の予定は？」

宮殿に向かいながら、ビセンテは傍《かたわ》らを歩くレオを振り返った。視線をさほど下げる必要がなくなったことで、少年の体つきがしっかりしてきただけではなく、身長もぐんぐんと伸びてきていることを知る。育ち盛りのときに宮廷で暮らせたことは良かった。船上では偏っているばかりではなく、量も不足している食事しか取れないことがままあるからだ。

「パチェコ殿に稽古《けいこ》をつけて頂くことになっています。もし、ご用があるなら……」

「いや」

ビセンテは慌ててレオの言葉を遮《さえぎ》った。

「どのように過ごしているか、興味があっただけだ。相変わらずパチェコ殿はおまえを可愛がって下さっているらしいな」

「はい」

「帆柱や索具の名を覚えるのは諦《あきら》めたのか?」

「そのようですね。僕もつい忘れてしまいそうになりますが」

静かな声に鋭い棘《とげ》が潜んでいた。思わず顔を見つめたビセンテに、レオはうっすらと笑ってみせる。

「ときどき不思議になるんです。ここで何をしているんだろう、いつまでここにいなくちゃいけないんだろう、って。僕が思うぐらいだから、きっとビセンテ様も感じていらっしゃいますよね。宮殿で暮らしている方々はあまりにも安穏としていて、イングランドとの戦争を控えているということが信じられなくなってきます。大体、前線に立つはずの僕らが海から遠く離れ、自分が乗る船の状態も確かめられないんですからね。剣の腕を磨いても、振るえる場所がなくちゃ、努力の甲斐《かい》がありません。そんなの、虚《むな》しいじゃないですか」

ビセンテは聞いた。

「おまえは戦いたいのか？」

「もちろん」

レオは即答した。

「ビセンテ様は？　あいつがいると思うと、剣先が鈍りますか？」

はっきりと嘲《あざけ》りの声を上げた彼を、ビセンテは黙ってみつめる。たしなめられたり、怒られたりしたことは数限りなくあるが、軽蔑したような態度を取られたのはこれが初めてだった。だが、腹は立たない。どうして立てることができるだろう。レオの怒りはもっともだし、現状に違和感を感じているのも事実だった。

「僕は南風が吹くのが待ち遠しくてたまりません。全ての風を摑《つか》まえて、一気にイングランドに攻め入る日がね。これ以上、うるさい虫けらをのさばらせてはおかない。片っ端から捕まえて、踏み潰してやるんです。でなけりゃ、火炙《ひあぶ》りですね。イングランド中の木を切り倒して薪《たきぎ》を作り、立ち上る煙で空が見えなくなるほど燃やし続けてやる。それまで生きているのなら、カイトだって容赦はしませんよ。妙な情けをかけて、僕の命を助けたことを後悔させてやるんだ。そんなことで裏切りの罪は消せるはずもないと、その身に思い知らせてやる」

レオは一度も声を荒らげることはなかった。しかし、感情の波はビセンテを見返す瞳に激しく打ち寄せていた。

「カイトは裏切ったりしていない。彼の心は最初から最後までイングランドから離れることはなかった。それを認めることができなかった私がいけないのだ。カイトがおまえを救ったのも罪滅ぼしのためではない。おまえのことが好きだったからだ」

レオはすっと視線を逸《そ》らすと、進行方向を見やった。そんな話は聞きたくもない、あるいは認めたくないという意思の表れだろう。

「ビセンテ様はお人好しが過ぎます。騙されていたのに怒るどころか、庇うようなことばかり仰って」

ビセンテは苦笑を浮かべた。こんなことを言えば、また怒りを煽《あお》ることは判っていたが。

「騙されても構わないぐらい好きだったのだ」

レオは素早く振り返った。

「冗談でも、そんな汚らわしいことは口にしないで下さい」

「本気だよ、レオ。愛してはならない者を愛し、真実から目を背けた。それが私の罪だ。それにおまえを巻き込んでしまったことを、本当に申し訳なく思っている。おまえまで苦しめるつもりはなかった。罰は私一人が受けるべきなのだ」

レオは唇を震わせたが、ついに吐き出す言葉を見つけることができなかったらしい。代わりに彼がしたのは、ビセンテの前から駆け去ることだった。それ以上、胸をむかつかせる言葉を耳にしたくなかったのだ。従者にあるまじき非礼だが、ビセンテは今度もそれを咎《とが》める気には

なれなかった。

(あれが私のしでかしたことか)

瞬く間に小さくなってゆくレオの後ろ姿を見つめながら、ビセンテは唇を噛みしめた。当然、心に深い傷を負っていることは知っていた。だが、ここまでだったとは。

(レオは勝ち気で、敵に容赦がない)

それは昔からだ。しかし、武器を持たない者の虐殺をも口走るような残酷さは、断じて持ち合わせていなかった。カイトの背信は、彼の性格を歪《ゆが》めてしまうほど許し難いことだったのだ。

(レオは全てを消し去って、無かったことにしたいのだろう。そうすれば溜飲《りゅういん》も下がり、心の傷も癒えると思っている)

好意を踏みにじった赤毛の少年も、彼が属するイングランドも滅ぼしてしまえば、再びレオを傷つけることはできない。そう、彼は同じ思いを味わいたくないのだ。もう、そんなことには耐えられない。耐えたくもない。しっかりと自分の足で立っているし、歩いてもいるけれど、それが精一杯だったのだ。

「本当にすまない、レオ……」

ビセンテはようやくのことで声を絞り出した。己れの哀しみにかまけていて、少しもレオを気遣ってやれなかったことが恥ずかしく、ひたすら情けない。弟のように思っているだなどと、よくも言えたものだ。どんなに辛くても、まずは彼の面倒を見てやるべきだった。ビセンテよりも受けた衝撃は弱かったとしても、レオの心は少年のものだった。経験によって鍛えられていないそれは、とても脆《もろ》い。そして、実際に壊れかけている。

(まだ間に合うだろうか)

ビセンテは考えた。自分を支えることすらできなくなっている自分に、レオを救う力があるのだろうか。手を差し伸べても、共倒れになるだけではないのか。

(だとしても、何もしないでいることはできない)

ビセンテは驚いた。ほとんど逡巡《しゅんじゅん》することなく、自分が何をすべきか決定することができたのは久しぶりだったからだ。そう、手をこまねいている余裕はない。ビセンテと同様、レオも救いを求めている。ただし、彼が縋りたいのは神ではない。長年共に過ごし、慕ってきた主人だけが頼りなのだ。アロンソにも素の自分を見せるようになったけれど、感情をぶつけられる相手は一人だけだった。

レオにはビセンテしかいない。

それに気づいたとき、生きる目的も見つかった。もたらされるかどうかも判らない神の救いを待つこと以外に、できることがあったのだ。

「待っていてくれ、レオ」

王のお召しを無視することはできない。もどかしさを噛みしめながら、ビセンテは歩き出した。用事を済ませたら、レオのところへ行こう。今のビセンテに彼を支える力はないかもしれない。しかし、互いに支え合うことはできる。無関心だった自分をレオが許してくれるなら、ビセンテはそうしたかった。手遅れではないことを祈りながら。

そう、大事な人を失うのはもうカイトだけで沢山だった。

5

歩幅の大きさを感じさせる、ゆっくりとした足音が近づいてくる。

陽光とは無縁の地下では、それだけが朝の訪れを知らせる合図だった。

「食事だ。起きられるか？」

鉄で補強されたドアが軋《きし》みながら開き、男が手にした蠟燭《ろうそく》の炎がゆらめく光を周囲に投げかけた。暗闇に慣れた目には、それだけでも眩しい。

返事をしないでいると、男は扉の脇に蠟燭を置き、うっすらと床に撒《ま》かれた藁《わら》に横たわっているジェフリーに歩み寄った。

「血は止まったみたいだな」

床に片膝《ひざ》をついた男は、ジェフリーの手を持ち上げ、しげしげと指先を見つめた。

「綺麗に剝《は》がしてあるから、安心しろ。時間はかかるだろうが、また生えてくる」

ジェフリーは唇の端を僅かに震わせた。笑いたかったのだが、顔の筋肉が強《こわ》ばってしまい、思い通りに動かない。

「ご配慮に感謝する……とでも言ってもらいたいのか？」

大声で叫び続けたせいだろう。すっかり痛めつけられてしまった声帯が絞り出す声は、自分のものとは思えなかった。

「相変わらず口は達者だな」

「あんたが痛めつけない唯一の場所だからだよ。耳障りなら轡《くつわ》を塡《は》めるなり、動かす気になれないほど裂くなりすればいい」

男は熊のように大きな手をジェフリーの背中に差し込むと、いとも簡単に上半身を持ち上げた。そして再び頽《くずお》れてしまわぬよう、近くの壁にぐったりとした身体をもたせかける。

「……ああ……くそ……っ……」

全身を駆け抜ける痛みをやり過ごして、何とか目を開けたジェフリーは、静かに自分を見つめている男に気づいた。

「どうした？　今さら俺の顔に見とれてるのか？」

「いや。自ら拷問《ごうもん》を提案した男は、あんたが初めてだと思ってな」

「良かった」

男が眉《まゆ》を寄せる。

「何が？」

「いついかなる場合でも、他人の後塵《こうじん》は拝さないというのが俺のモットーでね」

軽口を叩きながら、ジェフリーは思った。習慣というものはなかなか捨てられないものだ。相手がビスケー湾の嵐でもスペイン艦隊でも、先頭に立っている船長が臆病風に吹かれたら、その船に未来はない。だから、つい強がってしまう癖がついているのだろう。

もう、そんな必要はないというのに。

「大したもんだ」

男は視線を外さずに言う。それが彼の習慣だった。常に観察を怠らず、獲物の些細《ささい》な兆候も見逃すまいとする。

「どんなに責められても、翌朝にはけろっとしている。あんたの身体に傷が残っていなけりゃ、仕事をし忘れたかと思うほどだ」

ジェフリーは鼻を鳴らした。

「一人じゃ起きあがれないようにしておいて、よく言うぜ」

「普通なら、とっくに口も利けなくなっている頃だ。閣下も俺の怠惰を疑い始めているらしい」

「つまり、あんたのクビも近いってことか？」

男は肩を竦《すく》めた。

「そいつはないな。収監された当初ならともかく、今のあんたは弱り切っている。加減というものを知らない奴らじゃ、半日も経たずに殺しちまうのがオチだ。閣下もそれは判っている。

だから、俺に当たるんだろうよ」

「なるほど……」

ジェフリーは再び唇の端をぎこちなく引き攣《つ》らせた。どうやらウォルシンガムも目算が狂ったようだ。

人が拷問に屈するのは、苦痛から逃れたいがためだった。

すでに逃れられない苦しみに囚《とら》われている者、命に対する執着を捨てた者に、解放をちらつかせたところで意味はない。

（せいぜい苛立つがいいさ）

ゆえにイングランド中にその名を知らしめている拷問台『ラック』に縛りつけられ、四肢の関節が外れるまで牽引《けんいん》されても、ウォルシンガムが求めている答えをジェフリーの口から引き出すのは不可能だった。

（カイトこそが俺の命だった。彼と離ればなれになった瞬間、俺は死んだんだ。ここに存在しているのは単なる抜け殻に過ぎない）

肉体を傷つけられれば痛みは感じる。過度の痛みは心臓の脈動を速める。反射的に身が強ばり、抑えきれない叫びや呻《うめ》きが上がる。まだ生きているということを実感するのは、そのときだけだった。

（なかなか死なないもんだな……）

ジェフリーは己れの身体を見下ろして、他人事《ひとごと》のように思った。

拷問がもたらす激しい動悸《どうき》に疲れ果てた心臓。

ぎりぎりまで絶食させられ、引き絞られた胃。

痛手がなかなか回復しないという理由で、しつこく殴られた肝臓。

真冬だというのに薄汚れたシュミーズ一枚しか与えられず、ほとんど剝《む》き出しになっている肌は真新しい傷や瘡蓋《かさぶた》、大小の痣《あざ》で派手に彩られている。

火膨《ひぶく》れこそ消えたものの、まだ爛れが残っている臑《すね》。

すっかり脱臼癖《だっきゅうへき》がついてしまった肩。

引っこ抜かれた爪。

もしかしたら、次は指そのものを奪われるかもしれない。

目の前にいる男はジェフリーから情報を引き出すためなら、どんな手段を取ることも許されていた——唯一、死なせることを除いては。

そう、目算が狂ったのはウォルシンガムだけではない。

彼の手に落ちた途端、あの世行きというジェフリーの予測も外れていた。

(くそったれ爺《じじい》にはカイトを見つけださなきゃならない理由がある。こうなったら、自らの手で処刑台に送り込むまでは安心できないだろう)

つまり、望むと望まざるとに拘らず、カイトの居場所を吐くまでは、ジェフリーも生かされるというわけだ。

(あんたの評判を台無しにしてやるぜ、ウォルシンガムの旦那《だんな》)

彼の拷問を受けて、白旗を揚げなかった者はいないと言われている。

ならば、ジェフリーはその最初の一人になってやろうと思った。どんなことでも他人の後塵は拝さない――最後まで自分らしさを貫くことができれば、プリマスに残してきた仲間にも面目が立つというものだ。身勝手で愚かな男だったが、根性だけは並外れていた、と。

(迷惑をかけてすまないな、兄弟)

ジェフリーも打てる限りの手は打ってきたつもりだったが、己れの目で結果を確かめることはできない。それがもどかしかった。全員無事でいるのか。ドレイクは彼らを保護してくれているのか。暮らし向きが悪くなったりしていないだろうか。

(知ったところで、今の俺に何ができるわけでもないが……)

やがて馴染みとなった結論に辿《たど》り着いたジェフリーは、小さな溜息をついた。申し訳なさやもどかしさは淡く、まるで水面に落ちたインクの滴のようにじわじわと心の中へ溶け込んでいく。生きることを放棄した者を支配するのは諦念《ていねん》だった。もはや物事を打開する必要がないから、どんな状況でも甘んじて受け入れてしまう。深く考えることも動くことも放棄して、ただ呼吸を繰り返すだけの存在になってしまうのだ。

「ほら……」

ふいに声がかかって、ジェフリーは視線を上げた。

男が小さく千切ったパンを差し出している。脱臼の後遺症で、ジェフリーの手にはまだ力が入らない。牢獄で出される石のように固いパンを自分で千切ることはもちろん、匙《さじ》を持つことも難しかった。

「手間をかけるね」

そう告げて、素直に口を開いたのは、無理矢理こじ開けられることを避けるためだ。相手がカイトなら話は別だが、くだらないことで朝っぱらから可愛げの欠片《かけら》もない男とじゃれ合う気にはなれなかった。

（まだ食べられる……が、食べたくはない）

幼いころの経験から、激しい飢餓には耐えられないのではないかというジェフリーの密かな怯《おび》えは、実際に獄中で絶食させられたときに霧散していた。生きようという気持ちが低下すれば、必然的に食欲も減退することに気づいたからだ。

暗闇に対する恐怖も、苦痛が強すぎたために本当に失神するか、疲労のあまり失神したように眠ってしまうのが普通になったので、滅多に意識に上ることもなくなっている。

（今や怖いものなしだな）

たぶん、最も恐れていたことでさえ、いざとなれば受け入れられることが判ったからだろう。確かにカイトとの別れを経験したあとでは、我慢できないことなどないように思えた。あれに比べれば、何だってマシだ。

「もう結構」

三口が限界だった。ジェフリーが顔を背けると、男は手にしていたパンを盆に戻す。もっと食べろと強要しないでくれたのがありがたい。

「水が欲しいんだが」

「……判った」

ジェフリーの訴えを聞き入れた男は、すぐに粗末なマグを差し出し、口元に押し当てた。微《かす》かに黴臭《かびくさ》さを感じたが、抗議をしたところで変えてくれるはずもないので、ジェフリーも静かに唇を開く。

「航海中の樽水《たる》より酷《ひど》いな」

飲んだあとで思わずボヤくと、男が微笑を浮かべた。

「赤毛の坊やは見た途端、吐きそうな顔をしたぞ」

「カイトが？」

「そうだ。結局、喉《のど》の渇きの方が勝って、渋々飲んでいたが」

ジェフリーは表情を取り繕うことも忘れ、相手を凝視した。

黒衣を纏《まと》った大柄な男――その筋では当代一と謳《うた》われる腕を見込まれ、ウォルシンガムによって送り込まれてきたロンドン塔の拷問係レイヴンを。

（そうだ……）

マニング主教殺害の容疑をかけられていたカイトに、寝食を奪うという責め苦を与えたのは彼だった。そして、カイトとナイジェル、そしてジェフリーの掌《てのひら》に残る焼き印――運命を共にする者の証《あかし》を捺《お》したのも。再会の日以来、そのことを忘れていたのは、強いて何も考えるまい、特にカイトのことは、と自分を戒めていたからだろう。

「カイトは舌が肥えているからな」

ふと、死にかけていた魂が蘇ろうとするのを、ジェフリーは感じた。いけないと思いつつも、その口は滑らかに動き出してしまう。食べ物よりも何よりも欠乏しているもの――愛する者の思い出に浸りたくて。

「あんたが甘やかしたのか？」

「最初からだ。生まれたのは僻地《へきち》かもしれないが、育ちは良くてね」

「ほう。縛りつけられた椅子《いす》ごと飛び上がって、俺を口汚く罵《ののし》っていた姿からは、とても想像できないが」

「その状況を考えれば、多少荒っぽい気分になるのも仕方ないんじゃないか。それより、彼は何て言ったんだ？」

どんな小さなことでも、カイトの話ならば聞きたかった。たった数日のことに過ぎなくても、自分には知り得ない記憶を持っているレイヴンが、ジェフリーは妬《ねた》ましくてならない。

「何となく想像はつくが、正確には判らん。生まれた国の言葉で喚《わめ》いていたんでね」

「ああ……」

ジェフリーにはそのときの様子が見えるようだった。

怒っているときのカイトは、耳慣れない単語を物凄《ものすご》い速度で口にする。もちろん一言も聞き取れないのだが、何を訴えたいのかは伝わってくるのだ。たぶん、豊かな表情のせいだろう。ジェフリーは彼の笑っている顔が一番好きなのだが、癇癪《かんしゃく》を爆発させているときも悪くはないと思っていた。当人が気づいているかどうかは判らないが、カイトには本気で怒り出す前に、一瞬眼を見開く癖がある。周囲の者に可愛がられて育った彼は、自分が酷い目に遭うということに慣れていない。だから、そうした状況に陥るたびにびっくりしてしまうのだ。衝撃のあまりに真ん丸くなった目。呆然としてぽかりと開いた口。ジェフリーはその飾らない顔が見たくて、わざと嫌がるような真似をしたこともあった。

「本当に可愛がっていたんだな」

追憶に耽《ふけ》りかかったジェフリーに、レイヴンが言った。

「あの子の話をしているときだけ、生気が蘇る」

心の機微を読み取るのに長《た》けた拷問係は、獲物の心情にも敏感だ。

これ以上、自分の中に踏み込まれることを嫌ったジェフリーは、後ろ髪を引かれる思いで話を打ち切ることにした。

「会いたくないか？」

レイヴンの問いに、ジェフリーは僅かに肩を竦める。

「あんたが俺の立場だったら？」

それには答えず、レイヴンは質問を重ねた。

「あんたがどんな運命を辿るにせよ、会えないままでいいのか？」

ジェフリーは顔を顰《しか》めた。

「俺は回りくどいことが嫌いでね。どうせ、聞きたいことは一つだろう？」

「そうだ。あの子はどこにいる？」

「だから、そいつはスペイン人に聞けよ。秘書長官が雇っている間諜《かんちょう》で、ラウル・デ・トレドとは一切関係のない奴がいればの話だがな」

それきり口を閉ざすと、拷問係は小さく溜息をついた。

「やれやれ、結局ここから始めるわけか」

「そうだ」

ジェフリーは真っ直ぐレイヴンを見返した。

「俺はカイトを助けに行った。しかし、力が及ばず、連れ戻すことはできなかった。これ以上、話すことは何もない」

捕縛されて以来、ジェフリーは『スペインからの救出に失敗したカイトが、イングランドにいるわけがない』という嘘をつき通している。

ウォルシンガムがそれを虚偽だと断定できずにいるのは、ホーの丘で小競《こぜ》り合《あ》いをしたのが夜で、しかも雪が降っていたため、追っ手であるウォード達がカイトの姿をはっきりと視認することができなかったかららしい。

(実際には一人だけ、間近で俺達を見た男がいた)

だが、彼はジェフリーによって即座に切り捨てられている。

つまり、カイトが丘にいたことを証言できる者は、ウォルシンガム側には存在しないのだ。

一方、ジェフリー側の人間で、カイトに不利になるような証言をするような者も皆無だった。スペインとの戦争前に仲間割れをするわけにはいかないという事情もあり、ドレイクの庇護《ひご》下に置かれている彼らに、ウォルシンガムが手出しをする可能性も低いだろう。

(俺達がホーの丘に行くことを、どうやってウォードが突き止めたのかは判らない。だが、そこで何が起きるのかを知った上で、駆けつけてきたのではないことだけは確かだ)

その証拠に、レイヴンは何度もホーの丘にいた理由をジェフリーに聞いてきた。あそこに何があある、あんなところで何をしていたのか、と。まだ『トンネル』の存在を知らなかった頃のジェフリーが、その場所に執着するカイトとリリーを不審に思い、理由を問い質《ただ》したように。

(急に海が見たくなったという説明を、レイヴンは信じなかった)

まあ、無理もないことだ。あんな天気の悪い日に、外出しようと思い立つ者は滅多にいないだろう。

(あんたは質問をし続ける。皮肉なことに、それが俺の役に立つ)

取り調べを受けている者の常として、ジェフリーが得られる情報はほとんどないにも等しい。しかし、レイヴンとのやり取りの中で判ってくることもあった。

まず、ジェフリーにかけられた容疑は、『カイトと共にスペインに有利な偽情報を流布《るふ》する』ことによる国家反逆罪だ。そのため、調査を担当するのは星室庁《スター・チェインバー》となり、開戦前の微妙な時期ということも相まって、ジェフリーの逮捕自体、まだ公にはされていないらしい。送致されたのも通常、星室庁預かりの容疑者及び罪人が収監されるフリート監獄ではなく、凶悪刑事犯の巣であるニューゲート監獄だった。

(未だに命永らえているのも、そのあたりに原因があるんだろうな)

国家に対する反逆となれば大事だ。注目するのは宮廷人だけではない。市井の人々も大いに興味を持つだろう。どういった類《たぐい》の裏切りなのか。どのようにしてそれは行われたのか。彼らは詳細を知りたがるに違いない。国家と女王の安全を守るためなら『疑わしきは罰する』主義のウォルシンガムに確たる証拠など必要ないが、一般の人々にはまた違った考えがある。

(そのために血眼になってカイトを探しているというわけだ)

そう、今やウォルシンガムにはどうしたってカイトが必要だった。彼とその間諜、おそらくはラウル・デ・トレドの息がかりの者によって練り上げられた冤罪《えんざい》——呪わしい反逆の罪は、イングランド国内にカイトがいなければ成立しないからだ。

(だが、赤毛の少年は見つからない。どんなに人手を費やしても無駄なことだ)

あの夜、自ら投降したジェフリーの前に、してやったりという顔で現れたウォードは、すぐにカイトの姿が見えないことに気づいた。しかし、慌てる様子は見せず、部下に追撃を命じると、自分はジェフリーを引き連れて意気揚々と宿に戻っていった。ロンドンへ出発する前に、ささやかな祝杯をあげるために。一旦はカイトに逃げられたとしても、か弱い子供の足であることだし、すぐに追いつけるとでも思っていたのだろう。

(あんたはいつもツメが甘いんだよ)

ジェフリーは内心、嘲笑《ちょうしょう》を浮かべる。

もちろん、ウォードは捜索に失敗した。

ウォルシンガムの計画が狂いだしたのもそこからだ。

まずカイトの消息は杳《よう》として知れない。早々に片づけるつもりだったジェフリーも、カイトの居場所を吐かせるまで生かしておかなければならなくなった。お得意の拷問で事態は打開するはずが、しぶとい抵抗のせいで頓挫《とんざ》したままになっている。また、ジェフリーによる罪状の徹底否認も頭の痛い問題だった。『国家と女王に忠誠を誓い、私掠《しりゃく》船長としてスペインに打撃を与え、きちんと税金を納めてきた自分が、なぜ反逆者呼ばわりされなければならないのか』という言い分を覆すには、それなりの証拠が必要になってくる。ウォルシンガムはこれも拷問による自白で解決しようとしているが、カイトの捜索同様、目処《めど》はついていない。

(確実にとどめを刺そうとして、反逆罪なんぞを持ち出したのが裏目に出たな。トレドなんかの口車に乗ったからだ)

ジェフリーは拷問係に気づかれぬよう、冷笑を閃《ひらめ》かせた。とどのつまり、ウォルシンガムの手に入るのは自分の亡骸《なきがら》だけになるだろう。予期せぬことも起こったが、拷問を受けたあげくに死ぬ、というのは想定内だった。今さら、慌てることでもない。苦痛を味わう時間は短い方が良かったが、自分の存在がウォルシンガムの平安を乱すのであれば、我慢のし甲斐もあるというものだ。

(まあ、その我慢も長くは保たないだろうが……)

他の拷問係ではすぐにジェフリーを殺してしまうだろうというレイヴンの言葉は、決して嘘でも自惚《うぬぼ》れでもなかった。他人を痛めつけることに精通している彼は、肉体というものを知り尽くしている。簡単に関節を外すことができる者は、その入れ方も知っているというわけだ。レイヴンでなければ、ジェフリーも最初にラックにかけられた時点で死んでいたか、身体機能を損っていたに違いない。

そんなレイヴンが最も得意としているのは、乱暴を働いた後で丁寧に手当てを施し、治りかけたところでまた責めるという手法だった。二度とあの苦しみは味わいたくない、逃れるためなら何でもするという人間の心に付け入る、巧妙かつ残酷な拷問である。

実際、ジェフリーも何度か音を上げそうになった。

『もう、止めてくれ』と惨《みじ》めに泣きつく前に、自ら命を絶った方がいいのではないかと思い詰めたこともある。そうしなかったのは、ウォルシンガムに対する意地の方が僅かに勝っていたからだ。あっさり死に、彼の悩みを解消してやるというのは、お人好しが過ぎるというものではないか。しかし、

(傷の治りも遅くなってきているし、失神する間隔も短くなってきた。よしんば気力を保つことができたとしても、身体がついていかないだろう)

最近はジェフリーも気が遠くなるたびに、今度こそ目覚めないのではないかと思う。だとしても、さしたる未練はなかった。カイトはいない。こちらに戻って来られるかどうかも判らない。そもそも、自分はそれまで生きてはいられない。いや、ホーの丘でカイトに別れを告げたとき、すでに人生は終わったも同然だった。

(あとは呼吸を止めるだけ――――いっそのこと、おまえの肺病がうつっていたら良かったのにな)

喀血《かっけつ》の発作が起こるようになってから、カイトは常に窒息《ちっそく》の危険に曝《さら》されていた。喉に詰まった血痰《けったん》を、ジェフリーが羽根ペンを使って吸い出したこともある。あのとき、手当てがほんの少しでも遅れていたら、カイトは呼吸困難の末に命を落としていただろう。

(いともあっけなく……)

無論、カイトがそんな風に亡くなってしまうなんて、到底我慢できるものではない。だが、今の自分に訪れる運命だとすれば、さほど悪くないのでは、とジェフリーは思った。忘れ得ぬ口づけと共にカイトが授けてくれた恩寵として、従容《しょうよう》と受け入れることができる。

（我慢できずに奪った最後のキス。おまえの唇をまだ覚えている）

ジェフリーは包帯に包まれた指を口元に当てた。

あのときもカイトは、『よくもこんな真似を』と言いたげに目を見開いていた。病気が治るまでは二度とキスはしないという約束を破ったので、腹を立てていたのだろう。しかし、

（謝らないよ、カイト）

あの口づけは、どうしても必要なものだった。行かないでくれ、と叫びそうになる口を塞《ふさ》ぐには、あれしか方法がなかった。二度とできないことが判っていたから、せずにはいられなかったのだ。

（俺にとっては、あれが末期の酒だった）

無神論者は『終油の儀式』に縁がない。だから、司祭が死にゆく者の唇を湿らせるワインの代わりに、ジェフリーは愛する少年のキスを求めた。彼への思いを確かめ、自分のなすべきことを思い出すために。

（己れの命にかえても、カイトを守る）

身を切られる思いで何とか唇を離し、驚きの表情を浮かべている小さな顔を見つめたとき、

ふらついていたジェフリーの心も決まった。

彼と出会った当初に立てた誓いを、今こそ全うするのだ、と。

(そうして、彼は旅立った)

もう手の届かないところへ行ってしまったのだ。遥かな未来——もともと彼が属していた世界へ。

(ソリが合わないとはいえ家族がいて、親友のカズヤもいる。良く効く薬もあるらしいから、肺病もすぐに治るだろう)

ジェフリーは誓いを果たした。だが、満足感は微塵《みじん》もない。むしろ、虚しかった。ただ一つの愛を手放すことで、それまで心を満たしていた喜びも幸福も失ってしまったからだろう。

明るい光や笑い声に彩られていたジェフリーの世界は、カイトを飲み込んだ闇と冷たく吹きつける雪に塗り潰されてしまった。

(何も見えない……見たくもない)

ジェフリーが対峙《たいじ》している現実は、あまりにも醜悪だった。その蒼い瞳が再び美しいものを捉えることもない。そうしたものを見たいと思えば、心の眼を使うしかなかった。

瞼《まぶた》を閉じれば、もう一つの闇が広がる。画布のようにカイトの面影を映し出す優しい闇が。そして、ジェフリーは可能な限り、その中に漂い続けていた。ロンドンに向かう間も、牢獄に入ってからも。

「さて……」

物思いに耽っていたジェフリーの耳に、レイヴンの物憂げな声が届いた。

「今日のお務めを始めるとするか」

一人では歩くことはもとより、立ち上がることさえできないジェフリーを、レイヴンはいとも簡単に抱き上げた。そして、ラックとは別の拷問台に横たえる。

「これを銜《くわ》えろ」

レイヴンは台の四隅に取り付けられている手枷《てかせ》、足枷で、ジェフリーの該当部分を縛《いまし》めると、いきなり大きな漏斗《ろうと》を口に突っ込んできた。そして『何をするつもりか』と問う暇も与えず、予《あらかじ》め金具に取り付けられていた革紐《かわひも》で、ジェフリーの頭部と漏斗を固定する。

「言いたいことがあったら、人差し指を上げろ」

そう言ったレイヴンが部屋の隅から朽ちかけた桶を運んできたのを見て、ジェフリーは臍《ほぞ》を噬《か》んだ。水を所望するのではなかった。嫌になるほど飲まされることが判っていたら、そんなことを頼みはしなかったのに。

（船乗りが陸で溺死《できし》か……）

それが実現したら、想像だにしない最期だった。あとは呼吸を止めるだけ、などということを考えたからだろうか。他人はそれをして『幸運の女神と懇《ねんご》ろだ』と言うのだが、ジェフリーの願いは大抵実現するのだ。

「ぐう……っ」

最初の桶が空く頃、ジェフリーは再び後悔の念に苛《さいな》まれていた。自分がカイトの病をほとんど理解していなかったことに気づいたからだ。自由に呼吸できないことが、こんなにも苦しいものだったなんて知らなかった。カイトが耐えていたものの大きさ、厳しさに、ジェフリーはひたすら圧倒されてしまう。どうせなら肺病をうつして欲しいなどという言葉は、カイトを軽んじるものだった。優しい彼は、ジェフリーに感染することを何よりも恐れていた。愛する者を自分と同じ目に遭わせたくない——その一心で我が身を律した。ジェフリーの前では、滅多に『苦しい』という言葉も口にしなかった。訴えたところでどうにもならない。そのことで恋人に気まずい思いをさせたくない。だから、沈黙を守った。たった一人で恐怖に耐えながら、死にもの狂いで守っていたのだ。

「ご……っ……ごぼ……っ」

満たされた漏斗が絶え間なく喉の奥に水を流し込む。

冷たいはずの水が気管に流れ込むと、ひりつくように熱くなる。

水浸しになった肺が悲鳴を上げ、空気を求めて収縮する。

容赦ない水の流れは、こみ上げる激しい咳《せき》と嘔吐《おうと》感も押し流す。

視界が暗くなり、頭の中は白くなる。

だが、気を失う直前で漏斗は空になった。

「言いたいことはあるか？」

可能な限り身を捩《よじ》り、激しく噎《む》せていたジェフリーの耳に、レイヴンの静かな声が流れ込んできた。

（ああ……）

今日は失神することも許されないらしい。レイヴンはこれ以上雇い主の不興を買わぬよう、仕事に励むことにしたのだろう。

「ないのか？」

再び問われる。

ジェフリーはきつく閉じていた瞼を開け、黒衣の男を見つめた。

「そうか」

再び部屋の隅へ向かうレイヴンの背中を追いながら、ジェフリーは思う。

（おまえの強さを分けてくれ、カイト。このまま静かに逝《い》かせてくれ。レイヴンに命乞いをするような真似だけはさせないでくれ）

目を閉じると、いつものように彼が笑いかけてくれた。その愛らしい表情を見つめたまま、穏やかに息絶えたい。

だが、それを許すレイヴンではないことも判っていた。

彼が傍らに立ち、桶を傾ける気配がする。

漏斗の縁を弾いた滴が、ジェフリーの頬《ほお》を濡《ぬ》らす。

再び流れ込んできた水が、激しく咳《せ》き込んだために傷ついた喉に沁《し》みる。

飲んで、飲んで、飲み下せなかった水が口から溢れた。

それでもまだ桶は傾く。

「が……はっ……」

胃からも、肺からも逆流してくる水と、流し込まれる水がぶつかり、喉の奥で渦を巻く。

「言いたいことは?」

朦朧《もうろう》としているジェフリーに、再びレイヴンが聞いてきた。

「まだ思いつかないか」

沈黙を否定と捉えた拷問係は囚房の扉に向かうと、覗《のぞ》き穴から廊下に向かって声をかけた。

「満杯にした水桶を持ってこい。三つ……いや、四つだ」

ジェフリーは強ばった頬に歪んだ笑みを張りつける。

長い一日になりそうだった。

6

細く開いた窓から階下を見下ろして、キットが聞いた。

「来るかな？」

寝台に腰かけて丁寧に磨いた長靴を履《は》いていたナイジェルは、沈黙を守ったまま顔にかかった鬱陶《うっとう》しい髪を搔《か》き上げた。

「来るとして、一人だと思うか？」

ナイジェルは面倒くさげに問い返した。

「箱入り息子らしく、一族郎党を引き連れてくるとでも？」

「あるいはウォルシンガムの配下とか」

キットは首だけを巡らせて、ナイジェルを見た。

「なあ、こうしようぜ。お客さんが来たら、俺が先に降りていく。妙な気配を感じたら合図するから、おまえはここから屋根伝いに逃げろ。まかり間違っても裏口から出ようなんてことは考えるんじゃないぞ。大抵はそっちにも手が回っているからな」

ナイジェルは溜息《ためいき》をついた。

「余計な真似《まね》をするな。友人と思っている人間が実は疑いの目を向けていると知れば、いい気はするまい」

「ただの杞憂《きゆう》であって欲しいよ。だが……」

「今さら疑うぐらいなら、最初から手紙など出さん」

立ち上がったナイジェルは、ダブレットの裾《すそ》を整えた。そして、その一挙手一投足を見つめているキットに向き直る。

「俺は頑固な上に不器用な男でな。この道を行くと決めたら、脇道は目に入らなくなるんだ。誰かを一度信じたら、最後まで信じ続ける。それで裏切られたら、俺に見る目がなかっただけのことだ」

キットは苦笑する。

「俺もそういうところが好きだけどね。でも、戦いには臨機応変さも必要だと思うぜ。牢獄にいるジェフリーも、プリマスで帰りを待っている仲間も、あんただけが頼りなんだ。うっかり敵の手に落ちでもしたら、彼らはどうなる?」

心底忌々《いまいま》しい男だが、真摯《しんし》な忠告には心に留めておくべきものがあった。そう、ナイジェルが不器用なままでいられたのは、側にジェフリーがいたからだ。どんな窮地に追いやられても、彼は決して諦《あきら》めず、見事な解決策を思いつく。

（荷が重すぎるぞ、ジェフリー）

ナイジェルは全てを自分に任せていった親友を恨みたくなった。ジェフリーのような統率力や判断力、そして真の強靱《きょうじん》さも持たない者に、はたして彼の代わりが務まるのだろうか。

正直に言えば、自信がない。

最終的な決断をし、その責任を取るということが怖くてたまらなかった。

ジェフリーが飄々《ひょうひょう》としていたことが、ナイジェルには途轍《とてつ》もなく難しいものに感じる。

（あんたと肩を並べているつもりだったが……とんでもなかったな）

こうなるまで、本当に理解することはできなかった。他人の命を預かる者の苦悩と孤独を、ジェフリーは滅多に見せることがなかったから。

（その強さが欲しくてたまらない）

ナイジェルは飢えるように思った。

戦いにおける本当の難しさはどのように攻撃するかではなく、不利な状況でいかに自陣を守るかだ。仲間を鼓舞し、脆弱《ぜいじゃく》な部分を補強し、損害を最小に抑え、勝てないまでも敗北は喫しない――言葉にするのは簡単だが、実際に成し遂げられるのかと問われれば返事に詰まる。

（情けない奴《やつ》と思うだろうが、一人では心細いんだ）

いつだって土壇場の決断をするのはジェフリーだった。彼に従っていさえすれば安心だった。

全てを委《ゆだ》ねることで、ナイジェルは責任から解放されていた。航海長として『グローリア号』に乗船している限り、苦悩や逡巡《しゅんじゅん》、そして後悔とも無縁でいられたのだ。

(ずっと楽をしてきた。そのツケが回ってきたな)

海賊稼業に危険はつきものだ。戦闘中に死亡することも往々にしてある。それが自分だった場合、後始末はどうつけるか、互いに話し合ったことも一度や二度ではない。

にも拘《かかわ》らず、ナイジェルは全くと言っていいほど心構えができていなかった。一人でちゃんと立っているつもりが、ジェフリーに支えられていたのだ。寄りかかっていることに気づかないほど、そうするのが当たり前になっていた。

それほどに幸福だったのだろう。

(あんたが甘やかしていたのは、カイトだけじゃなかったんだな)

ナイジェルの胸に切なさが押し寄せてきた。初めて波止場で出会ったときから、ジェフリーは少しも変わっていない。大事に思う人のためなら、彼はどんなことでもしようとする。それで酷《ひど》い目に遭ったとしても、恨み言一つ口にしない。脇腹に残る大きな傷がいい証拠だ。あれはスペイン人との戦闘中、血だまりに足を取られて転倒したナイジェルを救おうとして受けたものだった。ジェフリーは愛する者が苦しむ姿を見るぐらいなら、自分が痛い思いをした方がマシだと考える。しかし、

(それは俺も一緒だ)

ナイジェルは唇を嚙《か》みしめた。

まだ心構えはできていない。

できていないが、やるしかない。

ジェフリーに依存してきた自分が、これからは皆を守る。本当の意味で大人になるときが来たのだ。

(俺にしかできないことだと、あんたは手紙に書いた)

お世辞にも上手《うま》いとは言えないが、いつものようにしっかりとして迷いのない手蹟で書かれたそれを、ナイジェルは涙ながらに読んだものだ。カイトは安全な場所にいる。兄弟を飢えさせるな。グローリア号を大事にしろ。必ずやスペイン野郎を海の藻屑《もくず》にして、カイトの名誉を回復させてくれ。そして、絶対に自分を助けようとはするな――用件は明快かつ簡潔だった。つらつらと心情を書き連ねるようなこともしない。常日頃から感嘆の的だったジェフリーの潔さが、そのときばかりは憎かった。

(もっと話したいことがあったんだ。聞いておかなければならないことも……)

ナイジェルの胸に、未練が深く爪《つめ》を立てる。だが、悔やんだところでどうにもならないことも判っていた。ジェフリーが進むべき道を示してくれただけでも、ありがたいと思うべきなのだ。判らないことは、自分で考える。信頼できる誰かに相談するのは構わないが、決断は自分で下すし、責任も一人で背負う――今は難しく思えることも、平然と行えるようにならなければいけない。それがグローリア号を率いる者、すなわち船長に求められることだった。どんなに辛《つら》くても、立ち止まっていることは許されない。

(あんたがカイトや俺にまとわりつかずにはいられなかった理由が、ようやく判ったよ)

精神的に寄りかかる代わりに、彼はつかの間の温もりを求めたのだろう。それに浸っている間だけは、凍《い》てつくような孤独を忘れることができたのかもしれない。

その点では、ジェフリーはまだ恵まれていた。

ナイジェルが抱きしめたいと思う相手は、手の届かないところにいるのだから。

(ブラッキーも『白鹿亭《はくしかてい》』に預けたきりだしな)

ナイジェルは溜息と共に物思いを切り上げた。そうして顔を上げると、先程と寸分も変わらぬ強い眼差しに捉《とら》えられる。

「なんだ?」

忌々しい上に鬱陶しい男だった。どんなに近くにいても、キットだけは抱きしめる気にならない。うっかりそんなことをしたら、その晩から当然のようにナイジェルの寝台に潜り込んでくるだろう。

「返事は変わらないのか、と思ってね」

キットは窓の方に顎《あご》をしゃくってみせた。確かにむかつくことも多々あるが、この忍耐強さは見習うべきだろう。そう、ジェフリーの臨機応変さを見習わねばならないように。

「彼を信じる……が、その窓は大きく開けておこう。この部屋に近づいてくる足音が、一つではなかったときのために」

キットはにっこりした。

「了解。よーく耳を澄ましておくよ」

しかし、すぐにその耳は全然アテにならないことが判明した。キットが言い終わるか終わらぬうちに、扉の外で聞き覚えのある声が上がったのだ。

「失礼、ボールド殿のお部屋はこちらですか？」

慌て顔のキットに冷たく背を向けたナイジェルは、迷いのない足取りで出入り口に向かった。そして、躊躇《ためら》うことなく扉を開く。

「ごきげんよう」

小柄な友人は被《かぶ》っている帽子に軽く触れると、未だ遠い春を思わせる明るい瞳でナイジェルを見上げた。星室庁《スター・チェインバー》の一員であり、女王の信頼も厚い大蔵卿バーリー男爵の子息、ロバート・セシルだ。

「秘密の話なら、もっと声を小さくしないと。扉に耳を当てるまでもなかったよ」

ナイジェルは肩を竦《すく》めた。相変わらず抜け目のない男だ。

「わざわざ来てもらってすまない」

「君の頼みなら断れないさ」

マニング主教を殺害した容疑で、あやうく処刑されるところだったカイトは、文字を書ける者ならば、どんな罪でも一度は許される『聖職者規定』という法律の穴によって救われた。

その解決法を少なからぬ金、そしてカイトの予言と引き替えに教えてくれたのがロバートだ。

一見羊のように害がない人間に見えるが、実際は狐も顔負けの狡猾《こうかつ》さと狼のごとき貪欲《どんよく》さの持ち主——と言うと、友人らしからぬ評だと思われるかもしれない。しかし、ナイジェルは彼のそんなところが気に入っていた。若さゆえか、自信のためか、ありのままの自分を見せて憚《はばか》らないところが小気味良い。もちろん、これ以上つけあがらせたくないので、当人には内緒にしていたが。

「彼は……」

ナイジェルが窓際に立ったままのキットを紹介しようとすると、ロバートは必要ないというように手を振った。

「宮廷で何度かすれ違ったことがあるよね、マスター・マーロウ」

キットはうやうやしく胸に手を当てて、頭を下げた。

「覚えていて下さったとは恐悦至極。お声をかけて下されば、さらに栄華の極みでしたのに」

「あなたの後援者はカトリックか、その疑いのある貴族が多いから、彼らを迫害している側の僕から声をかけるのは何となく気まずかったんだよ。疑惑を招くような真似をして、あなたの仕事の邪魔をしたくないし」

キットは顔を上げ、うっすらと微笑《ほほえ》んだ。

「何と行き届いた目配り……！　あなたという後継者を得られた男爵は幸運な方だ。私の雇い主も羨《うらや》ましく思っていることでしょう」

ロバートは頷《うなず》き、賞賛を当然のように受け入れた。そして思いがけぬ話を切り出す。

「その雇い主のことだけどね。この一両日、宮廷に出仕していないんだ」

ナイジェルとキットは顔を見合わせ、すぐにまたロバートに視線を戻した。

「理由は？」

「判らない」

ナイジェルの問いに、ロバートは肩を竦めた。

「ただ……」

「ただ？」

「医者が呼ばれたそうだ」

キットが口を挟《はさ》む。

「持病の腎臓《じんぞう》結石が悪化したのかな……」

「それならば欠席の理由を公に取り沙汰《ざた》することを、陛下が禁じる必要はなかっただろう」

「箝口令《かんこうれい》が敷かれている？　本当に？」

目を丸くしているキットに、ロバートは聞いた。

「秘書長官殿にとって、星室庁の会合よりも大事なものって何だと思う？」

「権力じゃなかったら……金かな、やっぱり。間諜《かんちょう》を雇うのも国のためなのに、女王は少しも援助してくれないって、俺達にまで愚痴《ぐち》るほどだし」

「でも、儲《もう》け話を持ってくる医者って、あまり聞かないよね。どちらかというと自分が稼ぐ方でさ」

「確かに……」

キットは眉根《まゆね》を寄せた。

「病床に伏せているのが奥方なら、秘密にする必要はない。内々にエセックス伯爵との縁談が決まっている娘も同様だ。心配のあまり、婚約者がつきっきりというなら話は別だが……女王が事情を知っているらしいとなると、その線もなくなる」

ロバートは頷く。

「エセックス伯はいつものごとく、べったりと陛下にくっついているよ。雛《ひな》を守る親鳥よろしく、近づく者を威嚇《いかく》しながらね」

「だったら、残るは息子のトマスか。しかし、俺の知る限り、彼は健康そのもので……」

ナイジェルは二人の話を聞きながら、セシル邸を訪ねたときのことを思い出していた。病弱ゆえに宮廷に出られなかった息子のために、バーリー男爵は客間の壁に穴を開け、訪問者との会話を聞かせていたという。

（どんな相談事が持ちかけられるのか。それを解決するにはどうすればいいのか。親しくしておくべきは誰なのか。その一方で近づいてはならないのは誰か。本来、宮廷で学ぶべきことを、家に居ながらにして勉強させたんだ。いずれ自分の権力を引き継ぎ、施政者として活躍するときのために）

平民のナイジェルには切なる親心にしても度を超しているように思われるが、権力を得ることに血道を上げてきた一族ならば、それが当たり前なのかもしれない。

そう、父親にとって息子は成功の生きた証左になるのだ。苦労の末に得たものを無事に引き継がせることができて初めて、己れの勝利を確信することができる。栄華を誇った者も、人間である以上、いつかは死ぬ。しかし、我が子が自分の生き様を踏襲《とうしゅう》する姿を見れば、少しは心が慰められる気がするのだろう。肉体は滅びても、魂は息子の中で永遠に生き続ける——そんな風に思えるのかもしれなかった。

（セシル家しかり、ウォルシンガム家しかり……）

逸材の呼び声も高いロバートに比べれば、秘書長官の息子トマスは平凡だった。キットに乗せられて、秘密をべらべら喋《しゃべ》ってしまうような軽率さもある。だが、ウォルシンガムにとっては唯一の息子——己れの全てを引き継ぐ大事な跡取りだった。そのトマスの身に変事が起こったとすれば、冷静でいられるはずもない。女王が箝口令を敷いたのも、政治的な配慮というよりは、父親としての気持ちを慮《おもんぱか》ってのことかもしれなかった。

（つまり……）

ナイジェルはハッとして、ロバートを見つめた。

「今はジェフリーどころの騒ぎじゃないってことか」

「その通り」

いつものように片足を引きずるような歩き方で、寝台の足元に置かれている衣装箱に近づいたロバートは、子供がするようにぴょんと勢いをつけて座ると、そっと溜息をついた。健康になってきたとはいえ、まだ長い間立ったままでいるのは辛いのだろう。

（渡し船を使ったのか、南岸行きの荷馬車を拾ったのか、いずれにしても家人に内緒でここまで来るのは大変だったに違いない）

それだけでも彼を信じるに値すると言ったら、キットはたぶん『甘い』と非難するだろう。だが、ナイジェルは気にしない。ロバートがお人好しではないことは判っていた。不便をものともせずにやってくるには、それなりの理由があることも。

（目的のものを手にするまで、彼は裏切らない。そいつが判っているだけでもいいじゃないか）

ナイジェルは楽観的に考えることにした。いや、そうするしかないのだ。味方はあまりにも少ない。かけがえのないその一人を、疑心暗鬼から失うのは愚かしいことだった。

「ウォルシンガムが動けないとなると、ジェフリーはどうなる？」

ナイジェルの問いに、ロバートは僅《わず》かに首を傾けた。

「彼が拷問《ごうもん》を受けているのは知っているよね？」

「……アイ」

誰に聞いたわけでもないが、ロンドンに連行されればそれは免《まぬが》れ得ないことは判っていた。

「容疑は国家反逆罪なんだけど、彼は罪状を完全に認否している。普通、これは財産の没収を防ぐために行われることが多いんだけど、彼もそうなのかな？」

ナイジェルは首を振った。

「財産のほとんどは俺の名義に書き換えられている。船に至っては、名義だけじゃなく船名も変えてあった」

「なるほど。他の何を奪われても、それだけは絶対にあなたに譲りたかったんだろうね」

グローリア号は現在、書類の上では『プレシャス号』になっている。とりあえずつけたものだから、気にくわなければナイジェルが命名してくれて構わないという端書きと共に。

だが、ナイジェルは勝手に新しい名前などをつけるつもりはなかった。その時が来たら、元に戻すだけだ。そう、ジェフリーが戻ってきたら。

「じゃあ、認否を続ける理由は何なんだろう？」

キットが再び口を挟んできた。

「ウォルシンガムに対する意地とか？」

ロバートは間抜けな犬を見るように彼を見た。

「長年、彼のところで働いているとは思えない台詞《せりふ》だね。秘書長官の拷問は、意地だけで耐えきれるような生易しいものじゃない。特に今回はロンドン塔から『ラックの名人』を呼んでいるし」

ナイジェルは隻眼《せきがん》を見開いた。

「もしかして、レイヴンのことか？」

ロバートが少し驚いたような顔で振り返った。

「彼を知っているの？」

「カイトのことも拷問した男だ」

「ああ、それで……」

納得したロバートは、話を続けた。

「とにかく、彼が来たからには間違いなくラックにかけられる。というか、すでにかけられただろう。拷問係の腕が悪いと、その時点で命を落とすこともあるらしいけど、レイヴンだったら心配はない。ジェフリーにとっては、ありがたくない話だろうけどね」

反射的にナイジェルは聞いた。

「なぜだ？」

「長く生きれば、苦しみも続く。拷問はジェフリーが罪を認めるまで続けられるんだ。彼が口を閉ざしたままなら、結局、それが死因になるんだろう」

「くそっ」

ナイジェルは耳を塞《ふさ》ぎたくなった。こうして話をしている間にも、彼が傷つけられているのかと思うと、いてもたってもいられないような気分になる。

「ウォルシンガムは帰宅する前に、ニューゲート監獄にも寄っていた。拷問の成果を確かめるためにね」

それに気づかなかったか、あるいは気づかぬふりをしてくれていたのか、ロバートは平然と話を続けた。

「彼が自宅に閉じこもっていることが判ってすぐ、僕はニューゲートの看守に話を聞きに行ったんだ。実際のところ、ジェフリーはどんな様子なのか、確かめたかったからさ。できれば、こっそり牢を覗《のぞ》かせてもらうつもりだった」

ナイジェルは身を乗り出した。

「見たのか？」

ロバートはきっぱり首を振った。

「レイヴンが自分以外の人間を排除している。食事を運ぶのも彼ならば、傷の手当てをするのも彼。拷問具などを運ばせるときも、牢内には入らせないそうだ。膠着《こうちゃく》したままの状況に焦《じ》れたウォルシンガムが、『もっと責めろ』と怒号を上げるのを聞かなければ、その看守も誰かがいることを忘れてしまいそうになると言っていたよ」

「そうか……」

明らかに落胆しているナイジェルを励ますように、ロバートは声を張った。

「その秘書長官の怒声で判ったこともある。どうやらジェフリーは『カイトを連れ戻すことはできなかった、彼はまだスペインにいる』と言い張っているらしい」

「そうか」

ジェフリーがそうするであろうことは、ルーファスの話を聞いたときから判っていた。

「こうなったら、俺が直接会って、ウォルシンガム殿の誤解を解いてくる。皆も知っての通り、カイトを取り戻すことはできなかったんだからな」

ウォードに捕縛されたジェフリーは、不安そうに自分を見つめている乗組員の前でそう宣言したという。水夫長として長く仕え、船長の心情にも通じているルーファスはすぐに、『誰に何を聞かれても知らぬ、存ぜぬで押し通せという命令だな』と理解し、部下にもそれを徹底させていた。ウォルシンガムの追及をかわそうとするなら、ジェフリーと乗組員の二つの証言に齟齬《そご》があってはならないからだ。

「まあ、理由は推測できるよね」

ロバートも、ジェフリーの目的に気づいていた。

「予言と銘打った良からぬ噂《うわさ》を流し、イングランド国民を惑わせる、というのがジェフリーになすりつけられた容疑の根幹らしいから、カイトがいなければ罪自体も成立しないと考えたんだろう。で、君達に力を貸すと決めた以上、僕も知っておくべきだと思うんだが、本当のところはどうなんだい?」

ナイジェルが口を開く前に、キットが聞いた。

「本当のところ、とは?」

言いながら、彼はナイジェルを見た。よく考えて返事をしろ、ということだろう。彼はまだロバートを信用していない。いや、

(自分以外の人間は信用しない。だから、俺も心を許す気にはなれない)

一方の心にわだかまりがある限り、信頼関係は成立しないのだ。己れの聡明さを鼻にかけている彼が、どうしてそれに気づかないのか、ナイジェルはときどき不思議になる。まあ、気づいたところで、性格的な問題や長年の慣習というものは、簡単には変えられないのだろうが。

「だから、カイトがどこにいるのかって話だよ」

もどかしげに問うロバートに、ナイジェルは答えた。

「本当に知らない。知っていたら、今頃こんなところでのんびりしていない」

ロバートに嘘《うそ》はつけない。ただジェフリーが命をかけて守り通そうとしている秘密を、簡単に洩《も》らすわけにもいかない。だから、ナイジェルは迷った末、そう答えた。本当にジェフリーがカイトをどこに隠したのか、彼以外に知る者はいないのだから。

「そう」

じっとナイジェルの顔を見つめていたロバートは、溜息をついた。

「カイトがいれば、持ちかけ方次第でジェフリーだけは助けることができるかもしれないって思ったんだけどね」

「そんなことをしてまで助かりたいと思う男じゃない」

「判ってるよ。でも、当事者以外の人間は、全員は無理でも一人ぐらいは救いたい、そうすることができたら上々じゃないかって思うものなんだ」

ナイジェルは内心、苦笑した。ロバートに悪意はない。彼は最悪の事態を回避しようとしたに過ぎないのだ。

「居場所が判らないんだったら、今のところ打つ手はないね」

ややして、ロバートがぽつりと告げた。

「ウォルシンガム家がごたごたしている間は、レイヴンもさほど熱心に仕事はしないだろう。だからといって、安心はできないけどね。ニューゲートに収監されてからの日数を考えると、ジェフリーの体力にも限界が迫ってきている。ウォルシンガムが戻ってくるのが先か、彼が命を落とすのが先か、っていうところだ」

絶望がひたひたと忍び寄ってくる。ナイジェルは必死にそれを振り払いながら聞いた。

「拷問を止めさせるよう、女王陛下からウォルシンガムに命令してもらうことはできないだろうか?」

ロバートは即答した。

「無理だ。下手に庇《かば》えば、国家の大事を見過ごすつもりかと非難されてしまうからね」

「ジェフリーはイングランドも、女王陛下のことも裏切っていない。彼が罪を犯したとすれば、許可なくスペインまで航海をしたことだけだ」

「その場合、たかがキャビンボーイのために、なぜそんな危険を冒したか、というのが問題になってくるんだよ」

「カイトを愛しているからだ」

「ならば、その心をスペインに利用されたのかもしれない。ウォルシンガムなら、きっとそう言うよ。カイトを連れて帰っても構わないから、我が国のために働け、と命令されたんだろう、ってね」

「妄想だ!」

ロバートは哀しげに微笑んだ。

「そうだね。でも、ウォルシンガムの立場からすると、そんな妄想をさせるような真似をしたのがいけないということになる」

しばらく沈黙を守っていたキットが、独り言のように呟《つぶや》いた。

「疑わしきは罰する――――それが秘書長官の紋章に記載されていない、もう一つのモットーだからな」

ロバートが首肯《しゅこう》した。

「その通り。そして女王陛下に煙たがられているにも拘らず、今の地位まで登りつめることができた理由でもある。邪魔になりそうな人間は、早いうちに排除するのが一番だからね。父上もよく言っていたよ。宮廷生活は気苦労が多いものだが、中でも神経を使うのは秘書長官との付き合いだ。己れこそが正義と信じて疑わない彼は、自分に対して疑問を抱いたり、刃向かったりする者を悪と見なす。そして、一旦目をつけられたら、宮廷どころか、この世に別れを告げなくてはならなくなることもある、ってね」

払っても払っても伸びてくる絶望の黒い手が、ついにナイジェルを捉えた。ウォルシンガムの暴挙を止められる者はいない。女王でさえ、彼を思い止まらせることはできない。そして、

「君も……君でもジェフリーを救う手だては思いつかないのか？」

ロバートは顔を背けた。縋《すが》るようなナイジェルの視線に、いたたまれなくなったのだろう。

「役に立てなくて、申し訳ない」

目の前が暗くなり、身体の力が抜けてくる。それでも、ナイジェルは必死に足を踏ん張った。絶望の渦に放り込まれても、まだ諦めることはできない。自分が諦めたら全てが終わってしまうのだ。ここで白旗を上げるのは、独りぼっちで闘っている親友を見殺しにするのも同然だった。そんな真似だけは絶対にできない。

「ありがとう、ロバート」

静かに礼を言ってから、ナイジェルはいつの間にか傍《かたわ》らに立っていたキットに眼を向ける。

「サー・ウォルターに会いたい。渡りをつけてくれるか？」

キットは眉を寄せた。

「ローリー殿に？」

彼の疑問はロバートも共有するものだったらしい。

「ドレイクとは不仲で知られた彼が、ジェフリーに救いの手を伸べるとは思えないけど……」

ナイジェルは頷いた。

「たぶんな。だが、彼が欲しがっているものを、俺達が持っていることを知れば、考えが変わるかもしれない」

「欲しがっているもの？」

「彼は新大陸での植民地経営を成功させたいと願っている。だが、そのためには莫大《ばくだい》な資金が必要だ。それを提供する。なんなら、しばらくスペイン船の尻《しり》をおっかけるのを止めにして、移住者をグローリア号で運んでやってもいい」

キットが冷静に指摘した。

「彼が協力してくれたとして、必ずジェフリーを助け出せるという保証もない。ただ金を取られるだけに終わるかもしれないぞ」

「かもしれん。だが、助け出せないという確証もないだろう。ジェフリーの金を自分のものにするつもりはないんだ。ただ持っているだけなら、彼の命を救うために使った方がいい。それを無駄とは思わないよ」

そのとき、ふいにロバートがぱちん、と両手を打ち合わせた。

「そうか！　その手があった！」

場にそぐわない明るい声に、ナイジェルとキットは揃《そろ》って彼を凝視する。

「ローリーは儲け損なったな。またもやジェフリーの金を頂くのは、この僕さ」

座ったときと同様、勢いをつけて衣装箱から飛び降りたロバートは、意気揚々と二人の前に立った。

「上手く行けば、ジェフリーはしばらく拷問を受けずに済むだろう。もしかしたら、そのまま中止されるかもしれない。反逆の疑いも晴らせるはずだからね」

ナイジェルは再び希望の炎が胸に灯《とも》るのを感じた。

「手だてが見つかったんだな？」

ロバートは大きく頷く。

「うん。今度はスペインに行ったことが、幸いするのさ」

それから彼はキットに言った。

「案内役にはあなたがうってつけだよ」

キットは片方の眉をつり上げた。

「申し訳ないが、俺はあんたほど頭が良くないんで、もう少しわかりやすく説明してくれないかな？　俺達はこれからどこに行って、誰と会うんだ？」

ロバートは人差し指を手前にくいくいと折り曲げて、もっと近くに来るよう、合図した。そして、声を潜めると、詳しい説明を始める。ナイジェルには到底思いつくことができなかった、ジェフリーの救出法を。

7

プラスティックの小さなカップを見下ろして、海斗《かいと》は溜息をついた。

結核菌の状態を調べるための喀痰《かくたん》検査とはいえ、排泄《はいせつ》物を人目に曝《さら》すというのは気が重い。為す術《すべ》もないまま吐いてしまうのとは、やはり勝手が違うのだ。まあ、そんなことを考えられるようになったのも、体調が改善してきた証拠なのかもしれないが。

「どうしたの？」

看護師のマギーが聞いてくる。

「咳《せき》が出ない？」

海斗は頷いた。

「うん。意識すると引っ込んじゃうみたいで……」

「だったら自然に任せましょ。後で取りに来るから、楽にしてていいわよ」

「忙しいのに手間をかけてしまって、ごめんなさい」

「まあ、優しい子ね」

パソコンのモニターを覗き込み、カルテを確認していた彼女は、申し訳なさそうな顔をしている海斗に、マスクをかけていても判る大きな笑みを浮かべてみせた。

「謝ることなんてないわよ。ステーションじゃ、あなたは一番優秀な患者さんだって言われてるんだから。きちんと薬を飲んでくれるし、隠れて酒を飲もうとしないし、私達に汚い言葉を使ったりもしない。おまけにラブリーな顔をしているしね」

子供にするように頰《ほお》をちょんと突っついたマギーの姿が、ふと愛する人に重なって、海斗の胸はしくりと痛んだ。

「あら、男のプライドを傷つけちゃったかしら」

ベテランらしく、患者の反応に敏感なマギーは、海斗から笑みが返ってこないことに気づくと、僅かに首を傾《かし》げてみせた。

「私の息子も十七歳なんだけど、可愛《かわい》い坊や扱いされると、途端に不機嫌になるのよね。誉めるんだったら、格好いいって言えって」

海斗は努力の末に何とか唇の端を上げた。本当の理由を言うつもりがないのなら、話を合わせなければ。

「気持ちは判るな。俺もラブリーよりは、クールって言われたい」

「本当にクールな男は、多少気にくわない表現でも『どうも』と軽く受け流す余裕があるものよ。それに気づかないうちは、まだまだ坊や扱いされても仕方ないわね」

マギーは何事にも一家言あるイングランド人らしくそう言うと、パソコンを乗せた台を押して病室から去っていった。

「どうも、か……」

あなたってキュートよね、とボンド・ガールに言われて、もっともらしく頷くジェームズの顔を想像して、海斗は本当の微笑を閃《ひらめ》かせた。確かに同性から見ても、少々のことで動じない男というのは格好がいい。ラ・ロシェルでヴィンセントに砲撃されたときのジェフリーが良い例だ。

「嫌だねぇ。あっさり、ムダ弾を使いやがって」

圧倒的に不利な状況でも、彼の声には緊張というものが感じられなかった。一瞬、手に汗を握っていた海斗も拍子抜けしたが、その後に出された敏速な指示を聞いているうちに、部下の恐怖を和らげるためにしたことなのだということが判った。普段と変わらぬ船長の姿を見れば、水夫達も落ち着きを取り戻す。どんなに気が急《せ》いていても、必要以上に声を張るような真似はしない。下手な冗談を聞いたように端正な顔を顰《しか》め、軽口を叩《たた》くジェフリーは、その場にいる誰よりも頼もしかった。そして、海斗はそんな彼から目を離すことができなかったのだ。

(男に生まれたからには、ジェフリーみたいになりたいと思った)

肉体の頑強さならルーファスが、機敏さならユアンが、実行にあたっての確実性と誠実さならばナイジェルが上回っている。

そのどれもが海斗も見習いたいと思っている長所だし、努力をすれば少しは近づけるだろう。だが、立っているだけで注目を集め、一声上げれば誰もが耳を傾けるジェフリーの人心掌握《しょうあく》力は、どれだけ頑張ったところで身につけられるとは思えなかった。そして、手が届かないからこそ、強く魅《ひ》かれずにはいられない。

（ジェフリーみたいな人は滅多にいない。俺も会ったことがなかった）

明らかに別格だと判る存在を前にすると、凡人は対抗心を燃やす以前に、まず相手の能力に感嘆してしまうものだ。

ジェフリーのように優れた判断力も剛胆さも持ち合わせていない海斗には、一つ間違えれば仲間を道連れにしてしまう危機の中で、最善の策を選び取ることなどはできそうになかった。よしんば一度は切り抜けられたとしても、毎回は無理だ。のしかかる重圧に神経が磨《す》り減ってしまう。だからこそ、平然とそれに耐えている――少なくとも内心の葛藤《かっとう》を面《おもて》に出したりしないジェフリーの強さに憧《あこが》れるのだろう。

「会いたいなあ……」

海斗は呟き、再び溜息をつく。すると、それに刺激されたのか、咳がこみあげてきた。

「ごほ……っ」

しばらくの間、激しく背中を波立たせて、ようやく喉にからむいがらっぽさと共に検査対象をカップへ吐き出した海斗は、ぐったりとして寝台の上にひっくり返る。体調が戻ってきたと言っても、せいぜいこの程度だった。一昨日から病棟内を歩く許可が出たが、まだ廊下を一往復することも難しい。すぐに息が上がってしまうし、寝たきりで萎《な》えてしまった足もがくがくする。自由に動けるようになるまでは、まだまだ時間がかかりそうだ。

（しなけりゃいけないことが山ほどあるのに……）

天井を睨《にら》みつけながら、海斗はきつく唇を嚙みしめた。焦ったところでどうにもならないことは判っている。喀痰検査の結果、結核菌塗抹《とまつ》が陰性に転じるまでは、この病院からは出られないのだ。


「普通は二週間で退院、あとは通院治療ってことになるんだけれどね」

担当のパウエル医師は、海斗の胸部レントゲン写真を眺めながら言った。

「血液検査の結果、君の免疫はかなり低下していることが判った。だから、用心のため、もう一、二週間ぐらい様子を見た方がいいだろう。幸い、君が感染したのは耐性菌ではない。化学療法は大いに有効だから、あまり心配しないように。もちろん、油断は禁物だがね」

高熱のために意識を失っていた海斗が目覚めたのは、プリマスの聖ルーク病院に運び込まれてから二日後、さらに医師や看護師とまともに会話できるようになったのは一週間以上後のことだった。

「耐性菌じゃない……？」

パウエルは大きく頷いた。

「我が国では感染の蔓延《まんえん》を防ぐため、結核の罹患者《りかんじゃ》のデータを病院が収集し、監督機関に提出することになっている。罹患してから誰と接触を持ったか、菌が薬剤耐性を持っているか、そうでないかも調査の対象だ。そういえば、君の菌を調べた担当者が面白いことを言っていたよ」

「面白い……？」

海斗はゆっくり瞬きをすると、オウムのように言葉を繰り返した。口は利けるようになったが、まだ話の内容を理解するのに時間がかかるのだ。

「そう。こんなレトロな菌は初めてだ、と」

パウエルは白衣の胸ポケットから細長く切断されたボール紙を取り出し、それを海斗に示しながら話を続けた。

厚紙に透明テープで張り付けられていたのは、種類の違う三錠の薬だ。

「これが現在、結核の治療に用いられている薬でね。我々は症状に応じてこの中の二つを組み合わせたり、三つ全部を使ったりしている。もちろん、これは高い薬効を得るためのカクテルなんだが、翻《ひるがえ》すと一つの薬だけでは治療効果が鈍くなってきているということも意味しているんだよ。だが、彼が培養した君の菌は、単剤にも非常に良く反応しているそうだ。言わばパプア・ニューギニア辺りでとっくに絶滅したはずの生物を再発見したような感じらしい。一体どこで罹患したのか、興味津々《しんしん》だったよ」

次第に頭がはっきりしてきた海斗は、パプア・ニューギニアの件で苦笑しかけた。検査技師が『レトロ』と表現したのは、当たらずとも遠からずと言える。

もっとも、海斗を苦しめている病魔に懐古趣味があるわけではない。それは化学治療が存在していない十六世紀の原初的な菌だった。様々な耐性を獲得した仲間によって、とっくに淘汰《とうた》された弱い菌だったからこそ、薬剤にも劇的に反応したのだ。

この会話の後、喀血するほど重症だった海斗が、パウエルも驚くほど順調な快復ぶりを見せたのも、そこに理由があったのだろう。

「それはともかく、あと一週間もすれば家族と面会できるようになるからね。一人でベッドに寝ているのは寂しいし、退屈だろうが、もうちょっとだけ我慢して」

海斗は目を見開いた。

「家族って……連絡したんですか？」

当然のことながら、医師は驚いた。

「当たり前だろう。もしかして、何か都合の悪いことでもあるのかい？」

単に顔を合わせたくないのだ、とは言えなくて、海斗は視線を泳がせた。

「そうじゃなくて……よく連絡先が判ったなと思って……」

「ああ、そういうことか」

上手くごまかされてくれたらしい。表情を和らげたパウエルを見て、海斗もホッとする。

「簡単だったよ。警察に照会したら、すぐに捜索届が出されていることが判明したからね」

「それでバ……じゃなくて、母は今どこに？　こっちに来ているんですか？」

海斗の問いに、パウエルは残念そうに首を振った。

「いや、ご主人と一緒にお見えになったんだが、しばらくは面会謝絶だと申し上げたら、一旦ロンドンに戻ると仰《おつしや》られてね。会えるようになったら、私から連絡をすることになっている。病室から出られるようになったら、君も電話で話をするのは構わないよ。ナースステーションのそばに公衆電話があるからね」

「はい。ありがとうございます」

海斗は思った。おそらく、帰ろうと言い出したのは父の洋介《ようすけ》だろう。仕事中毒の気味がある彼には、ここで無為の時間を過ごすことなど耐えられないに違いない。他人にはあくまで威圧的で、あらゆることに我を通す母の友恵《ともえ》も、夫の意向には決して逆らわなかった。己れの権力が何に由来しているのかを、誰よりも心得ているからだ。

(朦朧《もうろう》としているときならともかく、元気になってから会うのは気が重いな)

海斗の口が動くことが判れば、友恵はひっきりなしに会話を求めてくるだろう。息子の体調や気分など顧みようとせず、自分に関する話を延々と続けるはずだ。

そう、いつものように。

「おまえがいなくなってから、本当に大変だったのよ。夜も眠れないし、食欲も湧《わ》かないし。ほら、私の顔を見て。こんなにやつれてしまって、他の奥様にも心配されたわ」

海斗は内心、冷笑を閃かせた。たぶん、この予想は外れないだろう。母は息子のことを知ろうとしなかったが、息子は母の為人《ひととなり》を理解していた。他人の痛みには鈍いくせに、自分のこととなると針で突かれたぐらいの傷でも大騒ぎをする。海斗が助かることが判った途端、彼女にとっての問題は、フランス製の高価な化粧品をもってしてもごまかせない衰えになるのだろう。

「もう一つ、知らせておかなければならないことがある」

皮肉な思いに耽《ふけ》っていた海斗の耳に、ふとパウエルの声が届いた。

「もう一人、君が『どこで』結核になったかということに興味を持っている人物がいてね」

海斗はその名を聞く前に、誰であるかを知っていた。リリーにも予《あらかじ》め忠告されていたことだ。行方不明になっていた間のことを、警察は聞きたがるに違いない、と。

「どなたですか?」

だが、海斗はしらを切った。面倒を避けたければ、和哉《かずや》の指示に従うより他はない。何もかも忘れてしまったふり、判らないふりをするのだ。

「プリマス市警のリバーズ刑事だ。君の行方不明事件を担当している」

名前は同じだった。やはり、この世界と海斗が夢で垣間《かいま》見た世界の差異も、僅かなものであるらしい。ふと、海斗はホーの丘で『もう一人の和哉』を見送った刑事のことを思った。彼はあの後、どうしたのだろう。他人に言ったところで理解してもらえず、自分でも信じがたい超常現象に、どうやって折り合いをつけたのだろうか。

「君から聞いている話は、一応伝えたんだが……」

パウエルは押し黙っている海斗をちらりと見て、遠慮がちに聞いてきた。

「失踪《しっそう》してからのことは、本当に何も覚えていないのかい？」

海斗はうつむいた。結局、こちらの世界でも嘘をつき続けなければならないことが辛かったし、その躊躇いが表情に出るのも怖かったからだ。

「はい……思い出そうとしているんですけど……」

それ以上、病人を追いつめるのは良くないと判断したパウエルは、すぐに話を切り上げてくれた。

「無理はしない方がいい。君は大変な目に遭ったんだから、精神的な問題を抱えていてもおかしくない。それは専門医と一緒に解決した方がいいだろう」

海斗は顔を背けたまま、小さく頷く。ただ知らぬ、存ぜぬと言い張るだけで、数多《あまた》の症例を診てきた医師をごまかすことができるのか——不安が胸を過《よ》ぎったが、避けては通れない道だということは判っていた。そう、できるかどうかではない。やるのだ。無事にジェフリーの元に帰るまでは決して気を緩めず、次々と持ち上がるであろう問題を解決しなければならない。たった一人でも。

「しっかりしろよ……」

天井を睨みつけたまま、海斗は己れに言い聞かせた。誰も頼ることはできない。今度ばかりは和哉をあてにすることもできない。自分だけで事を成し遂げなければならないのだ。

(力……力がいる)

海斗の急務は健康を取り戻すことだった。身体が弱っていては、意志を貫き通すことも難しい。次にトンネルが開通するのはいつか、まだ調べてはいないが、スペイン艦隊が英国海峡に姿を見せるまでに戻らねばならない。時間は限られているのだ。

(これ、マギーを待ってないで、渡しに行こう)

海斗は検査用カップを持って、ベッドから起き上がった。寝てばかりで足が萎えてしまったのなら、なるべく歩くように心がけ、もう一度筋肉を鍛え直すことだ。無理をするのは良くないが、やれることはしようと思う。

「あ……」

だが、その積極性が裏目に出ることもあった。

気分を一新しようと病院着を脱ぎ捨て、友恵が持ってきたというTシャツとジャージ素材のパンツに着替えた海斗は、ふいにドアが開く音に気づき、慌てて振り返った。

マギーだろうか、という予想は、あっさり裏切られる。

扉の隙間から覗いているのは、見知った顔だ。

いや、正確に言えば、海斗だけが見知っている顔だった。

「その格好……もう外出してもいいのかい？」

酒好きを思わせる赤ら顔――夢の世界のリバーズ刑事と寸分違わぬ容貌《ようぼう》の男は、海斗の出で立ちを見て、驚きの表情を浮かべていた。

「あ……」

驚いたのは海斗も同じだ。内心の動揺が伝わった足がふらつき、離れたばかりの寝台に尻餅《しりもち》をついてしまう。

「大丈夫かい？」

そんな海斗の姿を目にした刑事は、ズカズカと室内に踏み込んでくる。

「え……ええ……」

落ち着け――海斗は己れに言い聞かせながら、寝台の上に座り直した。姿勢を正すのと同時に、衝撃を受けた心を立て直すために。

「あの……どなたですか？」

うっかり『こんにちは』と挨拶《あいさつ》をしそうになった海斗は、本当は初対面だということを思い

出し、慌てて誰何《すいか》した。夢と現実を混同してはいけないのだ。自分はまだ彼の名前も職業も知らないのだということを忘れてはいけない。

「おお、これは失礼」

海斗の警戒は、見知らぬ男に声をかけられたせいだと解釈したのだろう。一見人が良さそうに見える刑事は、慌てて名乗った。

「私はジョン・リバーズ。プリマス警察の刑事で、あなたの失踪事件を担当しています」

新しい情報があった。ファーストネームはジョン。そのありふれた名前を、彼の親が選んだ理由は何なのだろう。聖ジョンの日に生まれたからだろうか。それとも凝った名を考えるのが面倒だったからか。いずれにせよ、リバーズの平凡な容貌には合っている。しかし、見た目がそうだからといって、彼を平凡な人間だと考えるのは危険だった。並行世界の差異が微小なものならば、このリバーズ刑事も執念深く、色々と目端《めはし》の利く人物のはずだ。

「はじめまして、リバーズさん」

おずおずと差し出した海斗の手を、リバーズはぎゅっと握りしめた。

「よろしく、カイト……そう呼んでも構わないかな？」

「はい」

「今日はパウエル先生に君の様子を聞きに来ただけなんだが、会えて良かった。もう歩けるようになったんだね」

「ええ、まだ病棟内から出ることはできないんですけど」

様子を聞きにきただけの人間が、なぜ病室のドアを開けたのか、という疑問が胸を過ぎる。

だが、海斗はそんなことを考えているとはおくびにも出さずに言った。

「俺、ナースステーションにこれを届けなくちゃいけないんですけど……」

検査用のカップを示すと、リバーズは頷いた。

「じゃあ、一緒に行こう。その間、少し質問してもいいかな」

「どうぞ」

どうせ避けては通れないのだ。海斗は気づかれないよう、空いている方の手で拳《こぶし》を象《かたど》った。

絶対に気を緩めるなと、己れに言い聞かせながら。

「先生の話によれば、君は行方不明になっていた間の記憶がないんだって？」

廊下に出るなり飛んできた質問に、海斗はおずおずと頷いてみせた。

「はい」

「全く？」

「ずっと暗いところに閉じこめられていたような気がしますけど……本当にそうだったのかは判りません」

「救急車でここに運ばれる間のことは？　ホーの丘で君を発見した人の顔を見たかい？」

海斗は首を振った。

「覚えていません。気づいたときは、もう病院でした」

「君は重症の結核だった。咳も続いていただろうし、喀血の症状もあった。ずいぶんと苦しかったはずだが、それも覚えていない？」

海斗は戸惑《とまど》ったような表情を浮かべた。

「苦しかったという記憶は残っています。でも、ここに来るまで、どんな風に過ごしていたのかは覚えていません。たぶん、ずっと寝てたんじゃないかと思うけど……」

リバーズが問い返してきた。

「どうして？」

「すっかり足が萎えているからです。ここまで歩いただけでも、ほら……」

海斗は小刻みに震える腿《もも》を撫《な》でた。

それを目に収めてから、リバーズは再び口を開いた。

「一週間も病床についていれば、誰でもそうなるよ。だから、入院以前もずっと寝ていたとは言い切れない」

海斗は困ったように彼を見返した。

「かもしれませんけど……俺にはそれ以外のことは思いつかなくて」

リバーズはふいに話題を変えた。

「掌に捺《お》された焼き印のことは？」

「判りません」

「Tという文字は何を表していると思う？」

海斗は火傷《やけど》の痕《あと》が残る掌に目を落とした。これは生涯を共にするという誓い、自分の生きる場所は愛する人の傍らだということを宣言するものだ。しかし、そのことをリバーズに知らせる必要はない。

「これを捺した人のイニシャルかな……」

「私もまずはそう考えた」

海斗は視線を上げて、リバーズを見た。

「違うんですか？」

リバーズは首をゆっくりと左右に傾けた。

「この考えが合っているかどうかは判らない。仮に合っていたとして、何のためにそんなことをしたのかもね」

海斗の好奇心が刺激された。

「あなたの考えというのは？」

リバーズは微笑んだ。

「カズヤの証言通りだな」

「え？」

「君は探求心が旺盛だ、と彼は言ったんだ。プリマスに来たのはドレイク船長に興味があったからで、事前に彼のことを詳しく調べてきたんだろう?」

「ええ」

「そんな君が、自分の記憶の空白に平然としていられるわけがない。私に聞かれるまでもなく、そのことを考え続けているはずだ」

探るような視線が面を撫でる。その不快さに耐えながら、海斗は答えた。

「そうです。ずっと考えています。だけど、はっきりしたことは何一つ思い出せない。それが辛くてたまらないんです」

リバーズは頷いた。

「その気持ちは理解できる。だから、根気よく謎を解いていこう。今の苦しみから抜け出すには、そうするのが一番だ。私もできる限り、協力するから」

余計なお世話だと叫びたかった。だが、海斗は気弱げな笑みを浮かべることで、それに代えた。リバーズは悪い人間ではない。海斗の苦しみを気にかけてくれているというのも本当だろう。しかし、それ以上に彼の心を捉えているのは真実の解明だ。海斗を連れ去ったのは誰なのか。本当に誰かに連れ去られたのか。そうだったとして、なぜ海斗はその人物のことを覚えていないのか。記憶がないというのは本当なのか。

(命の危険にさらされた人間は、防衛本能から最も辛いときの記憶を消去してしまうことがあ

るというパウエル先生の説明は、彼も聞いているだろう）

だが、リバーズが海斗を見る眼差しには、それを疑っている節があった。おそらく彼は納得できるまで、その点を確かめようとするに違いない。

「俺も記憶を取り戻したいです。でも、その反面、取り戻すのが怖い」

海斗の言葉に、再びリバーズは頷いた。

「嫌な記憶だったら、思い出したくないものな。だが、君を無理矢理連れ去って、焼き印まで捺した卑劣漢を捕まえ、罪を償わせることができたら、心の傷も癒《いや》されるかもしれない」

海斗は曖昧《あいまい》に頷いた。

「そうですね……そうだといいんですけど……」

強く否定したり、拒絶する理由はなかった。そんなことをすれば、却《かえ》ってリバーズの疑惑を強めるだけだ。

「発見されたとき、君は裸足だった。しかも、冬でもないのに、足指にしもやけができていたそうだ」

リバーズの言葉を聞いて、海斗は驚いたように目を見開いてみせた。

「しもやけ？」

「そう。もっとも軽いものだったらしいが」

トンネルが開くのを待っている間になってしまったのだろう。必死だったので、あまり寒さも感じなかった。だから、しもやけにも気づかなかったのだ。

「閉じこめられていたのは暗いだけではなく、冷たいところでもあったのかな？」

足元を見つめている海斗に、リバーズが聞いた。

「……判りません」

ゆっくりと顔を上げる間に、海斗は苛立《いらだ》ちを飲み下した。夢に登場したリバーズも、和哉に同じような質問を繰り返していたものだ。似通った質問に油断したり、腹を立てた相手がボロを出すのを辛抱強く待つという手法なのだろう。

「君の足は泥だらけだったし、手に至っては爪の間に土が挟まっていた。まるで地面を素手で掘り返していたみたいにね。ということは、屋内に監禁されていたのではないのかもしれない」

海斗は途方に暮れたように首を振った。

「覚えていません」

リバーズが身を乗り出してきた。

「そんな風にすぐに答えるのは、思い出すことを諦めているからじゃないのか？」

「ま……待って下さい」

海斗は空いている方の手を挙げ、それ以上の接近を押しとどめた。

「菌塗抹が陰性……ええと、他人にうつす心配がないかどうかを調べるのはこれからなんです。

入院をしてから約三週間経って、感染の危険が低くなったので病室の外にも出られますが、治《ち》癒《ゆ》したわけじゃない。だから、あまり近づかないで下さい」

「これは申し訳ない」

リバーズは恐縮したような表情を浮かべる。

「つい夢中になってしまった。君に質問するのも、パウエル先生の許可が出てからだったのに」

海斗は疲れたような笑みを口元に張りつけた。

「その方がありがたいです。歩きながら話すのも、今は簡単じゃなくて……」

言いながらよろめいてみせると、リバーズは慌てて手を差し伸べた。

「大丈夫かい？」

「ええ……足が言うことを利かないだけで……」

壁に寄りかかった海斗は、縋るようにリバーズを見つめた。

「すみません。ナースステーションに行って、車椅《い》子《す》を借りてきてもらえますか？」

「判った。ちょっと待っていてくれ」

小走りで去っていく刑事の後ろ姿を眺めながら、海斗は思った。退院はしたい。だが、そうなると、簡単にリバーズを退散させることは難しくなるだろう。

（どうすればいい？）

リバーズが押す車椅子に座ってナースステーションに到着した海斗は、ちょうどそこにいたマギーに検査用のカップを渡す間も考えていた。そして、

「ハロー、ジェシカ？　良かった！　今日はいたのね」

通常の会話とは明らかに違う、電話をかけている人間に特有の口調を耳にして、ハッとする。

そう、この件に関しては、彼に協力を求めても構わないだろう。

(リバーズ刑事の扱いは、和哉の方が慣れているもんな)

公衆電話が設置されたブースを見やり、海斗は微笑んだ。ジェフリーにとってのナイジェル。海斗にとっての和哉。頼りになる友人がいるというのは、本当にありがたいことだ。

「本当にすまなかったね」

沈黙を守っていた海斗の頭上から、リバーズの声が降ってくる。

「あまり気にしないで下さい」

海斗は首だけを巡らせて、刑事を見た。

「ちょっと疲れただけですから」

それは本当だ。だから、海斗は目を逸《そ》らさなかった。

「そういってもらえると、私も少しは気が楽になるよ」

そう答えたリバーズの顔には安堵《あんど》の表情が浮かんでいる。しかし、その目を過ぎった微《かす》かな失望の色を、海斗は見逃さなかった。

（やっぱり、油断できないな）

この刑事の疑いを晴らすことは、もしかしたらウォルシンガムの思い込みを訂正することと同じぐらい困難なことかもしれない。海斗にとっては大きな憂鬱の種だが、それでも怯《ひる》むわけにはいかなかった。

（俺はもう一度トンネルを潜る。誰にも邪魔はさせない。もちろん、この男にも）

海斗はそう念じながら目を閉じた。脳裏にしっかりと刻みつけたジェフリーの顔を見つめるために。

（今、どこにいるの？）

ウォルシンガムが放った追っ手は、無事に振り切ることができたのだろうか。自分が戻るときまで、身を隠し続けていられるのか。海斗の不安は尽きなかった。中でも胸騒ぎを煽《あお》るのは、ジェフリーが最後に口にした言葉だ。

「元気になったら、髪を染めろ」

短いキスの後、彼は囁《ささや》いた。

「俺の好きな色、燃えるような赤に。おまえに一番似合う色だ。生き生きとして、ぱっと目を魅く。後ろ指を指す奴もいるかもしれないが、放っておけばいい。たった一度の人生だ。好きなことをして、思いきり愉しめ」

まるで、そのときには自分は側にいないような言い草ではないか。そう思った途端、ザワリと悪寒《おかん》のようなものが背筋を走って、海斗は車椅子の肘掛《ひじか》けをぎゅっと摑《つか》んだ。

(違う。あれは励まそうとして言ったんだ)

だが、何でもないのだと自分に言い聞かせようとすればするほど、不安は大きくなっていく。

(早く……早く戻らないと……戻って、ジェフリーに会わなくちゃ……)

追憶を振り切って瞼《まぶた》を上げた海斗の視界に飛び込んできたのは、人影もまばらな病院の廊下だった。

(ここじゃない)

そう、海斗の居場所はこんなところではなかった。いや、この世界でもない。やってきたのは病気を治すためで、帰る場所は他にある。

(本当の自分でいられるのは、ジェフリーの隣だけだ)

全てを告白した彼には、もう嘘をつく必要がない。そして、ジェフリーもありのままの海斗を受け入れてくれる。そんな人間を残して来るのは、本当に辛かった。病気を治すという目的がなければ、再びトンネルを潜ることはなかっただろう。

(あなたの側に居たいんだ、ジェフリー。他には何も望まない)

この世界は、きっと何も変わっていない。いつもどこかで戦争は起こっているけれど、今のところイングランドは平和を享受している。食べ物は豊富だし、トイレも清潔だし、良く効く薬もある。暮らしやすいのは、明らかにこちらだ。だが、海斗は少しも未練を感じなかった。

（そう、世界が変わったわけじゃない。俺が変わったんだ）

十六世紀のイングランドは最高とは言い難い生活環境だった。文句をつけ出したら、たぶんキリがない。だが、二十一世紀に留まるかと問われれば、海斗は即座にノーと答えるだろう。ジェフリーがいれば、どんなことにも耐えられるからだ。彼のいない世界で過ごすことの方が、よほど辛い。だから、何としてでも帰る。

（約束したんだから、ちゃんと待ってて）

海斗は祈るように思った。不安は消えない。ジェフリーに再会する以外に、それを消す方法はない。だから、今は耐えるしかないのだ。体力を取り戻し、再びトンネルを潜るその日まで。

「また寄らせてもらう。次はパウエル先生の許可を取ってね」

病室に戻り、海斗がベッドに横たわるのを見守ってから、リバーズは言った。

「早く完治することを祈っているよ」

海斗は微笑んだ。

「ありがとうございます」

嘘はつきたくない。それは本心だった。だが、そうするより他にない。海斗は愛する人の元へ帰らなくてはいけないのだ。偽りを口にすることで、誰かを傷つけてしまうとしても。

（誰か……）

リバーズを飲み込んで静かに閉じた病室の扉に、ふと和哉の面影が浮かび上がった。途端に刑事のときにはほとんど感じなかった痛みが、海斗の胸を締めつける。親友を騙《だま》し、都合のいいときだけ利用した罪は、きっと一生かかっても償うことはできない。

(ごめん、和哉)

それでも罪を犯すこと自体は思い止まれなかった。そんな自分の弱さも、身勝手さも海斗は知っている。

そう、母の友恵を非難する資格など、本当はないのだ。

海斗が彼女を嫌悪せずにいられないのは、その愚かしさが自分にも備わっていることを思い知らされるからなのだろう。

8

面会室に続く廊下は、静まり返っていた。

おそらく週末ならば訪れる家族もいるのだろうが、平日の昼間では仕事などの都合で来られない人の方が多いに違いない。

和哉《かずや》はゆっくりと歩を進めながら、窓を見やった。病棟ではないので格子は塡《は》められていないが、もしものときを考えてか、高い位置に設けられている。こんなところに居たくない、外に出たいと渇望する人間は、逃亡の機会を常に狙《ねら》っているものだ。面会後に里心がついてしまい、脱走を試みようとする者もいるのではないだろうか。

(綺麗《きれい》だな……)

どの窓からも濃い緑が見える。静けさを保つため、あるいは外部からの干渉を避けるため、建物が木々で囲まれているからだ。まあ、これは平均よりも遙《はる》かに高い費用を要求する施設としては、当然の気遣いと言えるだろう。アルコールや麻薬のリハビリ施設、神経症などの治療院を利用するのは、今では珍しくもなんともないことだ。しかし、富裕層で占められているここの入所者とその家族は、プライバシーを尊重する傾向が強かった。

担当医がこの施設を勧めたのも、面白おかしく事件を取り上げて、真実とはほど遠い報道をするゴシップ誌の取材から逃れ、静かに療養したいという患者本人と、彼を経済的に支える両親の意向を汲《く》み上げてのことだ。

「ふ……」

和哉は微笑《ほほえ》んだ。予《あらかじ》め施設側との約束を取りつけていないと、敷地に足を踏み入れることもできない。当人の意思に反する面会は許されない——ゴシップ記者を寄せつけない規則は、執念深いリバーズ刑事の事情聴取からも海斗《かいと》を守ってくれる。実際、ひっきりなしに寄せられる面会のリクエストは、医師によって丁重に退けられていた。

(世間は躍動している。事件は毎日のように起こるんだ。ミステリーに満ちている海斗の失踪《しっそう》と発見も、いずれその中に埋没し、忘れ去られてゆく。結局、記憶は取り戻せなかったということで押し通せば、警察の捜査も進展しないだろう。そして、いつまでも目処《めど》がつかない事件に関わっているほど、リバーズも暇じゃない)

絶え間なく押し寄せる犯罪の波は、何としてでも真相を究明したいという巌《いわお》のごとき刑事の願いをも削り取ってしまうだろう。おそらく、そう遠くないうちに。リバーズのやる気が失われなかったとしても、周囲の人々や状況がそれを許さなくなるのだ。

(僕らは待っていればいいんだよ、海斗)

全ては時が解決してくれるのだ。その頃には結核治療薬の投与も終わっているだろう。海斗が健康を取り戻してくれれば、和哉にはもう何の心配もなかった。あとは二人で穏やかな日々を過ごしていくだけのことだ。

（学校に戻ろう。セント・クリストファーだと好奇の目で見られるから、他の寄宿校を探そう。適当なところがイングランドになかったら、大陸に渡ってもいい）

その場合も両親は反対しないという確信が、和哉にはあった。特にエリートを自認している父達にとって、学業を放棄し、かといって仕事にも就かず、カウンセリングを受けに行くとき以外は家でごろごろしている息子など、悪夢以外の何ものでもないからだ。だから、やる気を見せれば、全面的なサポートを申し出てくれるだろう。

（誰にも邪魔はさせない）

面会室の扉を開けて、大きなソファの真ん中にぽつんと座っている海斗の姿を見た和哉は、思わず微笑みが湧《わ》き上がるのと同時に胸の痛みを覚えた。独りぼっちでいる彼はとても寂しそうで、再びそこから消えてしまうのではないかと思うほどに頼りない。

（海斗には僕が必要だ）

そう、和哉が彼を必要としているように。

一時期だったとはいえ、海斗を失ったのは耐え難い経験だった。誰よりも近しい存在がいなくなるのは、半身をもぎ取られるのにも等しい苦痛が伴うものだ。どうしても海斗の不在が信じられず、人混みの中にその姿を探してしまったり、起きがけに『これまでのことは全部、悪い夢だったんじゃないか』などと思ったこともあった。あまりの辛《つら》さに現実逃避したくなったからだろう。

（あんな日々は二度と送りたくないし、送るつもりもない）

和哉はそう心に決めていた。海斗はもうどこへも行かない。行くとしても、必ず自分がついていく。二人でいても辛くなることはあるかもしれないが、それでも一人よりはマシだ。すでに誓ったように、彼と一緒にいるためなら何でもする。どんなことでもだ。

「待った？」

声をかけると、海斗はハッとしたように顔を上げた。そして和哉を見ると、安堵《あんど》したように口元を緩める。

「俺が早く来すぎただけだよ。それより、一人？」

向かいに置かれた椅子《いす》に座ろうとしていた和哉は、ふと動きを止めた。

「どうして？」

「母さんも来るって、ブルームフィールド先生が言ってたから」

「断らなかったの？」

面会するかどうかは医師の判断だけではなく、当人の意思も尊重されることになっている。海斗が断りさえすれば、折り合いの悪い母親とも会わずに済むはずだった。

「うん……」

決まり悪そうに頷《うなず》いた海斗に視線を据《す》えたまま、和哉は聞いた。

「どうして？」

「何度も断ると、先生に『親子関係にも問題があるのか』って思われそうだし……これ以上、カウンセリングのことで頭を悩ませたくないんだよ」

海斗の危惧《きぐ》には一理あった。彼から聞いた話によれば、担当のブルームフィールドは熱心に治療に取り組むタイプで、あらゆる面から記憶喪失の原因を突き止めようとしているらしい。確かにそういう人物に、自ら餌《えさ》を撒《ま》くような真似《まね》は控えるべきだろう。思いの外、強く食いつかれて、思わぬボロを出してしまう恐れがある。

「それもそうだね。ただでさえ神経を使うんだから、カウンセリングを長引かせるような話題は提供しない方がいい」

和哉がすぐに同意したので、海斗も己れの判断に自信を持てたらしい。

「だろ？」

「一度呼んでおけば、またしばらく断ることもできるしね」

「その通り」

友恵《ともえ》に会いたくないのは、和哉も同じだった。まあ、避けて通れないのならば、それなりに対処するだけのことだが。

「さて、邪魔者が来る前に用事を済ましておくか。頼んだものは持ってきてくれた？」

あっさり話題を変えた海斗は、そう言いながら身を乗り出してきた。

（やれやれ……）

和哉は内心、苦笑する。親友は元気になってくるのと同時に、ちゃっかりしたところも取り戻してきたようだ。

「この中に全部入ってるよ」

勧められることもないまま椅子に座った和哉は、片方の肩にかけていたバックパックを差し出した。

「どれどれ……」

海斗はさっそく口を開け、中身を確かめる。ノート・パソコンとその付属品。和哉が持っていたドレイクとアルマダの海戦に関係する本を数冊。大好きなチョコレート菓子。ホーの丘で再会したときに預けておいた財布。そして、どこのものとも知れない鍵束《かぎたば》だ。

「サンキュー」

財布を開き、中を確かめてから、彼は和哉に笑いかけた。

「これで暇が潰《つぶ》せるよ」

和哉は聞いた。

「パソコンだけど、どこで使うの？　病室に無線ＬＡＮが来てるとか？」

海斗は肩を竦《すく》めた。

「来てるけど、安全管理上、病院関係者しか接続できないんだって。だから、先生から許可を得た患者は、図書室にある備え付けのパソコンか、自分のを持ち込んで使ってる」

「なるほどね」

「これ、いくらした？」

「フリーだよ」

タダと聞いて、海斗は目を丸くする。

「ええ？」

「父さんが使っていたものなんだ」

後で支払いはするから中古のパソコンを手に入れ、すぐに使えるよう設定してきて欲しいと頼まれた和哉は、家にあったマシンをリストアしてきた。

「新しいのを買って以来、クローゼットに放り込まれていたんだけど、ちゃんと動くよ。必要なソフトもほとんど入ってると思う。ただし、モニターの解像度は低いから、動画とかを見るのには向かない。あまり気にならないなら、ＤＶＤとかも持ってくるけど……」

海斗は首を振った。

「いらないよ。ネットに接続できて、メールを送れればいいんだ」

「そう」

送る相手は自分以外にもいるのだろうか――ふと、そんな考えが和哉の脳裏を過《よ》ぎった。

一旦思いつくと、どうにも気になって仕方がない。結局、我慢できなくなった和哉は、遠回しに聞いてみた。

「メアドはどうするの？　ウェブのメーラーにアドレス帳をインポートしてあるとか？」

「ううん。メールをするのも、ネットショッピングのときぐらいだから必要ない……あ、和哉のだけは教えて」

和哉は晴れやかな気分で微笑んだ。

「セッティング済みだよ」

海斗も歯を見せる。

「ホント、おまえは抜かりがないよな」

「海斗より少し用心深いだけだよ。ちなみにそのネットショッピングのことだけど、支払いはどうするつもり？　財布に入っているクレジットカードは、たぶん失踪したときにアカウント停止になっていると思うけど」

海斗は目を見開いた。

「そ、そうか……そうだよな、普通……」

和哉はがっかりしている彼を見て、心の中で再び笑みを浮かべる。そんな風にちょっと抜けているところが可愛《かわい》いのだと言ったら、たぶん、海斗は『侮辱《ぶじょく》するな』と怒り出すに違いない。

だが、和哉はそんな姿を見るのも嫌いではなかった。

「解決法を知りたい？」

和哉の申し出に、海斗は飛びついた。

「うん！」

「お母さんとの面会を断らないで、本当に正解だったね。家族カードを作り直してもらうまで、彼女のものを一枚借りればいい。どうせ、バラまけるぐらい沢山持っているんだから」

海斗の顔が明るくなる。

「その手があったか」

嬉《うれ》しそうな彼の顔を見ているうちに、また和哉は気になってきた。

「何を買うつもり？」

「やっぱ、本が一番多いかな。あと適当にプレイヤーを買って、音楽をダウンロードするとか」

「本なら、僕が買ってきてあげてもいいけど？」

海斗は少し考えてから、首を左右に動かした。

「すぐ欲しいタイトルがあるわけじゃないんだ。和哉に借りたものもあるし、いちいち使いっ走りを頼むのも悪いしね」

「そんなこと、気にしないでいいのに」

そう告げながら、和哉は思った。むしろ、頼んでくれた方がありがたい。海斗が何に興味を持っているのかを知りたいからだ。どんな本を読み、どんな音楽を聞くのか。好きな傾向は前と変わっていないのか。どんな小さな事でもいいのだ。海斗のことならば全て心得ていたい。まるで自分のことのように。

「ところで、図書室に入れるのは患者だけ？」

和哉の問いに、海斗は不思議そうな表情を浮かべた。

「そうだと思うけど……なんで？」

「ちゃんとネットに繋《つな》がるかどうか、確かめてあげたかったんだけど」

海斗は吹き出した。

「どれだけ過保護なんだよ。それぐらい、俺にも判るって」

「君を疑っているわけじゃないよ。さっきも言った通り、僕は用心深いだけなんだ。おまけに心配性なんだろうね」

「確かに石橋を叩《たた》きすぎて壊しかねないところはあるよな」

「オーバーだよ。否定はできないけど」

悪戯《いたずら》っぽく告げた海斗に、和哉は苦笑する。確かに以前の自分はそうだった。失敗しそうなことには手を出さなかったし、危険からは極力身を遠ざけていた。しかし、今は違う。安全という名の砦《とりで》に閉じこもっている限り、決して手に入らないものもあるということに気づいているからだ。

「どうしても確かめたいっていうんなら、先生に聞いてみようか？　図書室に出入りしているのは症状が軽いか、改善してきた人達だ。騒いだり、じろじろ見たりしなけりゃ、こっちのことは気にしないでいてくれるんじゃないかな」

海斗の申し出に、和哉は頷いた。行動範囲を拡げる機会は逃せない。海斗の行くところなら、どこにでもついていきたいのだから。

「だったら、頼んでくれる？　僕の心の平安のために」

「そっちこそオーバーだって」

「どこが？」

「平安ってところさ。でも、そう言われたら、ブルームフィールド先生は拒めないと思うよ。他人の精神を安定させることを仕事にしている人だからね」

「懐具合を安定させるために、患者を増やそうと目論《もくろ》んだりはしない？」

「どんな悪人だよ、それは」

和哉は滅多に冗談を口にしない。するとしても、海斗の前だけだ。下手だったとしても、彼は生真面目な友人の努力を認めて、笑顔を見せてくれることを知っているから。一日で幸せをもたらしてくれる表情――そう、意気消沈しているときも、怒っているときも悪くはないけれど、一番好きなのはやはり上機嫌なときの海斗だった。自分の前では、ずっと明るい顔をしていて欲しいと、和哉は思う。

「じゃ、先生に会ってく……」

勢い良くソファから立ち上がった海斗は、身体の向きを変えようとした拍子によろめいた。

「……っ」

反射的に腰を上げ、間に置かれたテーブル越しに伸ばした和哉の手が、海斗の腕をしっかと摑《つか》んで引き戻す。

「ごめん」

海斗は顔を上げ、申し訳なさそうに告げた。

「俺なりにリハビリしてるんだけど、まだ足元が悪いんだよな」

「気をつけて……」

和哉の声は少し掠《かす》れていた。以前に比べて格段にやせ細った感触が、未だ癒《い》えていない病気を思い起こさせたからだ。海斗が命永らえたのは、もしかしたら奇跡だったのかもしれない。ほんの少し助けに行くのが遅れていたら、海斗はここにいなかったのかもしれない。そう思うと怖くなる。和哉は彼を失うことはできないのに。もう二度と。

(今は間に合ったからいい。でも、僕がいなかったら？　その間に海斗の身に何かあったら、どうすればいいんだろう？)

きょとんとしている海斗を見つめて、和哉は祈るように思った。一時も離れたくない。経済的な問題がなければ、自分もこの施設に入りたいぐらいだった。そうすれば、彼の面倒を見てやれる。転びそうになったら手を差し伸べ、間に合わずに転んでしまったときも手当てをしてやれる。いや、何も起こらなかったとしても、ずっと海斗の側にいたいのだ。

（それができないのが、もどかしい）

リバーズの聴取を嫌った海斗から、呼吸器科を退院した後のことを相談された和哉は、さらに隔絶した環境に身を置くことを提案し、自殺をほのめかすなど重度の鬱《うつ》状態を装ってリハビリ施設に入所することを勧めた。しかし、今の状況を考えると、少し早まったか、とも思う。

（一日会えないだけでイライラする。会えない間も海斗のことしか考えられない）

重症だ。こんな風になるなんて、想像もつかなかった。すぐに会いたくなるだろうな、とは思っていたが、ここまで離れ難くなるとは予想だにしなかったのだ。何しろ一時間、いや一分でも海斗の姿が見えないと、落ち着かない気分になってしまうのだから。

「和哉？」

不思議そうに声をかけられて、海斗の腕を強く握りしめたままだったことに気づいた和哉は、未練を訴える指を意思の力で引き剝《は》がした。そして、穏やかな微笑で波だった心を覆い隠す。

「足元が悪いんなら、僕も一緒に行くよ。途中で転んだら大変だし」

海斗が呆《あき》れたような溜息《ためいき》をついた。

「まーた過保護が始まったよ」

「だめかな？」

和哉は意識して、口元を飾る笑みを気弱げなものに変えた。

「病気が完治するまででいいから、面倒を見させてよ。それとも、構われるのは鬱陶《うっとう》しい？」

「そんなことはないけど……」

口ごもる海斗を、和哉は促した。

「ないけど？」

「照れくさいっていうか……子供じゃないんだし」

つまり、嫌ではないのだろう。表情からもそれを確かめた和哉は、強気に出ることにした。

「ブルームフィールド先生を見習ってよ。ほんの少しでも心の平安を保たせてやりたいと思うんなら、僕の好きにさせて」

海斗は優しい。そんな風に言われたら嫌とは言えない性格だということは、和哉が一番良く知っていた。かつての自分だったら、その優しさにつけ込むのは遠慮していただろう。海斗が快諾しなかった時点で、さっさと望みを引っ込めたはずだ。しかし、今は違う。ホーの丘での大きな失敗から、和哉が学んだことはもう一つあった。本当はああしたかった、こうすべきだったと後悔するのが嫌ならば、指を銜《くわ》えていないで伸ばすべきだということを。

「仕方ないなあ。行くぞ」

案の定、海斗は承知してくれた。一見、渋々という感じだが、それはポーズに過ぎない。その証拠にドアのところで和哉が追いつくのを待っていてくれる。

「ありがとう」

並び立った和哉を見上げた海斗が、ふと目を細めた。

「やっぱ、背が伸びてる」

和哉は首を傾《かし》げた。

「やっぱり、って？」

海斗は声を潜めた。

「向こうにいる間、ときどき和哉の夢を見たんだ。詳しいことは後で話すけど、そこに出てくるおまえは、俺と一緒だったときより大きくなっていた」

「リアルだね。夢の中でも時間が流れていたのか」

そう答えながら、和哉は幸せを噛《か》みしめていた。夢は見る人の願望や、心にかかっていることを反映すると言う。それが本当ならば、海斗は離れていたときも和哉のことを気に留めていたということになる。

「なんか悔しい」

ふと和哉に向き直った海斗は、自らの頭頂部に置いた手をスライドさせ、二人の差を測る。

「初めて会ったときも、おまえの方がデカかったんだ。セント・クリストファーに入学する頃には追いついたのに……また抜かされた」

和哉も思い出す。

まだ英語が下手で、人見知りで、嫌だと思うことや怖いことがあると熊のぬいぐるみの後ろに隠れてしまう子供を。

母親からは同い年だと聞いていたが、体つきが小さかったこともあって、実際に会った海斗は弟のように思えた。最初は顔を合わせようともしなかった彼が、ついに自分を見つめ、恥ずかしそうに微笑んでくれたときのことは、今もはっきりと覚えている。皆と仲良くするように躾《しつ》けられてきた和哉だが、自分から親しくなりたいと思ったのは、海斗が初めてだった。

(別れた途端、会うのが待ち遠しくなった。もっと話をしたかった。困っていることがあれば、助けてあげたかった)

二人はよくハムステッドの公園でかけっこをしたが、リーチの差もあって、いつも海斗の方が遅れてしまう。すぐに弱音を吐く一方で負けん気も強い彼は、差を埋めようとして無理をしたあげく転倒することも多かった。

当人には内緒だが、そんな海斗の元に取って返し、べそをかいている彼を抱き起こし、競走していたことも忘れて手を繋ぎ、擦《す》り傷を手当てするために自分の家へ戻るという一連の過程は、和哉にとって走ること以上の楽しみだった。そう、かけっこの勝敗など、どうでもいい。なにくれとなく海斗の面倒を見てあげられるのが嬉しかったのだ。

「大丈夫?」

自分を覗《のぞ》き込む友人に、海斗は大仰に訴えるのが常だった。

「全然、大丈夫じゃないよ。膝《ひざ》がひりひりするし、手も……」

その拗《す》ねたような口調や、潤んだままの大きな瞳が可愛くて、つい和哉が微笑んでしまうと、彼は餌を貯め込むリスのように頰《ほお》を膨《ふく》らませた。

「本当に痛いのに、何で笑うの！」

そんな風に怒りを爆発させることもあるけれど、基本的に海斗の不機嫌は長続きしない。

「ごめんね。家までおんぶしてあげるから許して」

和哉にそう持ちかけられると、途端に目を輝かせる。その嬉しそうな表情を見るためなら、どんなこともできるような気がした。正直、自分の方が大きかったとはいえ、海斗を背負って家まで歩くのは、想像以上に大変だったけれど。

「もういいよ。自分で歩ける」

鈍感ではない海斗は、すぐにそんな和哉に気づいてくれたし、気遣ってもくれた。

「僕は大丈夫だよ」

情けないぐらい足は震えていたが、和哉はそう言った。自分から言い出したことを、途中で投げ出すのは嫌だったからだ。特に海斗との約束だけは反古《ほご》にしたくない。ただ一人の大事な友達を失望させたくなかった。そう、海斗が一緒にいることを自慢できるような人間になりたいのだ。

賞賛してくれた。

何度も休憩を取り、最後は倒れ込むようにして自宅に辿《たど》り着いた和哉を、海斗は心の底から
「凄《すご》いね！」

「重かったでしょ。ごめんね」

額に浮かんだ汗を拭《ぬぐ》ってくれた海斗に、和哉もまた心からの言葉を贈った。

「僕が弱かっただけだよ。もっと強くならなきゃね」

和哉はどんなことであっても、海斗には遅れを取るまいと決心した。何度も言うが、勝敗は問題ではない。己れの優秀性を見せつけるためでもない。ただ海斗が困ったとき、助けを求めているとき、余裕を持って手を差し伸べられる人間になるのが目的だった。ずっと彼に必要としてもらえるように。

（その気になれば『仲良し』は作れるけど、親友を見つけることは難しい）

だから、運良く巡り会えた海斗を失いたくなかったし、誰かに取られたくもなかった。英語が話せるようになった彼が、生来の人なつっこさを発揮して、交遊の輪を拡げようとする姿を見れば尚更だ。海斗によそ見をさせないためには、かけがえのない人間になるしかなかった。やはり頼りになるのは和哉だけだと思ってもらえるように。

「すぐにまた追いつくよ」

懐かしい思い出を再び心の奥に押しやった和哉は、自分を見上げている海斗に微笑みかけた。

そして、ほっそりとした身体を抱き締める。うっとりするような幸福感と共に。

「僕らはまだ成長期の真っ最中なんだし」

「それもそうか」

いつものように海斗はあっさり機嫌を直した。

「最終的に勝てばいいいんだよな」

「その通り」

名残惜し気に身を離した和哉は、笑みを浮かべたまま頷いた。負けん気の強い海斗——だが、最終的に勝利するのは自分でなければならない。負けたからといって、和哉を蔑《ないがし》ろにするような海斗ではないことは判っている。それでも怖いのだ。

(突然、『俺の母親に頼まれたから、側にいるんだろう』なんてことを言い出す人だからね)

あの言葉を耳にしたときから、ずっと和哉は考えていた。自分は頼りにされている。けれど、海斗の心を委《ゆだ》ねてもらうには、一体どうしたらいいのだろうか、と。

(まだ答えは出ない)

肩を並べて廊下を歩きながら、和哉はちらりと海斗を見た。静かな表情。何を考えているのかは判らない。

(昔からだ。隣にいても、君を遠く感じる。僕を取り残して、どこかに行ってしまいそうな気がして怖くなる)

だから、離すまいとして必死になってしまうのだろう。一度しくじった後では特に。

もっとも、失敗がもたらすものは失意だけではなかった。

むしろ、和哉にしてみれば、勝利よりも得られるものが多かった気がする。

（海斗が戻ってきてくれたからね。もう一度、やり直すことができる）

今の和哉は何がいけなかったかを知っている。それに対して、どう対処すればいいのかも。

だから、同じ過ちを繰り返さずに済むだろう。

（いつも一緒にいるから、誰よりも近くにいるから、僕らは親友だなんて、もう思わない）

そう、問題は肉体ではなく、心の距離だった。素直に自分の気持ちを表現し、恐れずに海斗の本音を引き出さなければ、決してそれは近づかない。もちろん節度は必要だが、遠慮しすぎていては、上《うわ》っ面《つら》の付き合いから抜け出すことはできないのだ。

（僕は躊躇《ためら》わないよ、海斗）

正面を向いた和哉は、自分達以外に人気のない廊下を見据える。ひんやりとして寂しい光景
——だが、少しも孤独は感じなかった。

そう、隣に海斗がいてくれる限りは。


「あら、来てたの」

海斗の母、友恵《ともえ》の到着を告げられ、再び面会室に戻ったのは、半時ほど後のことだった。

「こんにちは」

和哉がはにかんだような笑みを見せると、友恵は満足げに目を細めた。

「気にかけてくれて、本当に助かるわ。気難しい海斗を扱えるのは、今やあなただけだもの」

「そんなことないですよ。海斗がおかあさんに我儘《わがまま》を言うのは、甘えているからじゃないですか」

あなただけしか扱えないと言われて、素直に頷くのは大きな間違いだった。友恵は否定してもらいたがっているのだ。決してあなたにはかなわないし、勝とうとするつもりもないということを明らかにしなくてはならない。この点を間違えると、彼女と付き合うことはできなかった。母親同士の付き合いを見てきた和哉は、充分にそれを心得ている。

「そうなのかしら。だとしたら、いつまで経っても子供で困るわねえ」

なんて言いはするものの、海斗を振り向いた友恵は嬉しくてたまらないはずだった。彼女の望みは、海斗が永遠に可愛い坊や、自分の意のままになる存在でいてくれることなのだから。

「甘いものが欲しいって言っていたから、買ってきたわ」

渋々振り返った海斗の前に広がったのは、色とりどりのマカロンやドラジェだった。

「この新作のピスタチオ、ずっと売り切れていたのよね。今日は買えて良かったわ」

海斗の心境は察するに余りある、と和哉は思った。友恵が菓子を買ってきたのは息子のためというよりも、自分が食べたかったからなのだろう。

「どうしたの？」

一向に手を伸ばそうとしない息子に気づいて、友恵は聞いた。

「まだ腹がいっぱいなんだ」

母親に比べると、海斗は遥かに大人だった。人を傷つけない言い回しを心がけている。

「あら、そう」

海斗の返事を文字通りに受け取った友恵は、あっさり和哉を振り返った。

「あなたは食べられるでしょ？」

「はい」

この場合、遠慮をするのはNGだった。友恵は一緒に食べて、感想を言い合う相手が欲しいのだ。もちろん、その感想も単に『美味《おい》しい』と言うだけでは足りない。彼女の味覚や、菓子を選ぶ目を褒《ほ》め称《たた》えるものでなければならなかった。

「子供の頃から、海斗のおうちでおやつを頂くのが楽しみでした」

勧められるままにチョコレートのマカロンを囓《かじ》りながら、和哉は言った。

「どうして？」

「うちでは出ないものや、それまで見たことがないものを食べられるからです。後で母にねだって、怒られたこともありました」

「そうなの？」

「ええ。子供にはもったいないような高級なお菓子なのよ、って」

大仰さを怖れる必要はなかった。賞賛の言葉に対する友恵の貪欲《どんよく》さは、常識を遙かに越えている。あからさまな世辞すら、快く受け止め、堪能できるのだ。

「そんなことを言っていたの？　まあ、あなたのお母様はしっかり者で有名ですものね」

「でも、子供は好きなだけ食べさせてくれる人の方を、優しいと思うものです」

マカロンは上品な甘さを持っていた。だが、友恵と交わす会話の空々しさに、和哉の胸はやけてしまう。だが、我慢しなければならなかった。今、友恵の機嫌を損ねるのは、何かと都合が悪い。

「そういえば、海斗、お母さんに頼みたいことがあるって言ってなかった？」

和哉が水を向けると、それまで押し黙っていた海斗が口を開いた。

「俺のクレジットカードって、今は使えないよね」

友恵は頷いた。

「ええ。作り直さないと」

「だったら、それまで母さんのカードを貸してくれない？　ネットで買いたいものがあるんだ」

「いいわよ」

いつだって自分と息子の買い物には寛大な友恵は、何の躊躇《ちゅうちょ》もなく財布を開いた。特に用途を聞かなかったのは、請求書を見ればどんなものを買ったのか、判るからだろう。いずれにしても、森崎《もりさき》家ではまず考えられない行為だ。甘やかされた海斗がろくでなしにならなかったのは、ほとんど奇跡と言っても差し支えがない。たぶん、寄宿学校に行って、友恵と顔を合わせる機会が格段に減少したのが良かったのだろう。

「週末はパパも来るって言っていたわ」

菓子を食べ終えた友恵は、一糸の乱れもない髪を物憂げに撫《な》でつけながら言った。

「本当はゴルフに行くつもりだったらしいけど、部下にたしなめられたんですって。ご病気の息子さんがいらっしゃるのに、毎週自分達に付き合って頂くのは恐縮です、って。それでたまには見舞いに行かないと、外聞が悪いってことに気づいたみたい」

海斗は気のない返事をした。

「へえ……」

「今週は洋明《ひろあき》も帰宅するから、一緒に連れてくるわね」

「うん」

和哉は海斗に同情した。ほとんど子供に興味を示さない父親と、母親の寵愛《ちょうあい》を巡って自分を敵視している弟の見舞いなど嬉しいどころか、気が重いだけだろう。

「じゃあ、今日はこれで帰るわね」

海斗の代わりに、和哉は驚きの声を上げた。友恵は自分の好きなときに、その場にいる人々から惜しまれつつ去るのが好きだ。彼女と同席することに耐えられなくなったら、その望みを叶《かな》えてやればよい。

「でも、来たばっかりなのに……もしかして、僕がいるからですか？　お邪魔なら……」

友恵は笑いながら、和哉を遮《さえぎ》った。

「違うわ。夫人会の約束があるの。一応、皆を束ねる立場だから、私が顔を出さないわけにはいかなくてね」

「そうだったんですか」

和哉は安堵の表情を浮かべると、そっぽを向いている海斗に言った。

「じゃあ、僕が車のところまで送ってくるよ」

断る気もないくせに、友恵は手を振った。

「大丈夫よ。一人で行けるわ」

「それでは礼儀知らずと言われます」

和哉は率先して立ち上がった。そうすれば、友恵も腰を上げずにはいられなくなるだろう。

「あなたは紳士ね、和哉君」

応対に満足した友恵は、相変わらず無愛想な息子を振り返った。

「じゃあね、海斗。土曜日を楽しみにしてて。次は違うお店のお菓子を買ってくるわ。ここに来る途中で見つけたの」

海斗は頷くだけに留めた。言葉が見つからなかったのか、もはや返事をするのも煩《わずら》わしかったのか、それは判らない。彼のために和哉がしてやれることはただ一つ、一刻も早くこの部屋から友恵を連れ出すことだった。


「だいぶ元気になったようね」

廊下に出た友恵は、和哉にぴったりと寄り添って歩き出した。

「顔色も良くなったし。まあ、記憶はまだ戻らないみたいだけど」

「そうですね」

海斗が失踪してすぐの頃、友恵は森崎家への敵意を隠そうともしなかったものだ。母の千春《ちはる》が夫人会で冷遇されたのを手始めとして、父の公志《こうし》も身に覚えのない噂《うわさ》をばらまかれ、神経を磨り減らす日々を送っていた。和哉を攻撃することを控えたのは、彼が未成年だったからというよりも、神経衰弱に陥った子供に追い打ちをかけるのは、さすがに大人げないという計算が働いたからだろう。

どうしても彼女の好意を得る必要に迫られたとき、和哉が利用したのもその計算高さだった。

「おかあさん」

いつものように夫人会の面々を引き連れ、贔屓《ひいき》のホテルでアフタヌーンティーを楽しんでいた友恵の前に現れた和哉は、そう呼びかけた途端、さめざめと泣き出した。

「すみません。子供が来るようなところじゃないっていうのは判っていたんですけど……お家にいらっしゃらなかったから……」

少し慌てたように周囲を見渡した友恵は、誰も口出ししようとしない、いや、できないことを知って、仕方なく声をかけてきた。

「どうしたの？　あなたのお母様は？　一緒じゃないの？」

肩を震わせながら、和哉は訴えた。

「母は知りません。僕がここに来たことも……でも、僕……どうしてもお詫《わ》びしたかったんです。海斗を見失ってしまって……一緒に帰ってこれなかったことを」

がくりと膝をついた床が市松模様の大理石だったことを、和哉は鮮やかに覚えている。外聞を憚《はばか》ったご婦人方、中でも友恵が慌てて駆け寄り、立ち上がらせようとしたことも。

「お願いだから、そんなことをしないで」

引き上げようとする腕を摑んで、和哉は涙に濡《ぬ》れた目で友恵を見上げた。

「許して下さい……僕は知っていたのに……おかあさんがどんなに海斗を愛していたか……僕が一番良く知っていたのに、どうすることもできなくて……おかあさんはいつも家に呼んでくれて、僕と海斗を分け隔てなく可愛がってくれた……だから、呼んでもらえるのをいつも楽しみにしていて……それなのに、こんな……こんなことになってしまって……」

良妻賢母のイメージは、友恵が最も重要視しているものだった。だから、呼びかけるときも、いつもの『おばさま』ではなく、『おかあさん』を使うことにした。実の息子である海斗同様、和哉のことも可愛がっていたという幻想を、周囲の人々に植え付けるために。傍若無人なくせに他人からは良く見られたいという願望が強い友恵も、和哉が語る『優しい母、鷹揚《おうよう》な人物』という印象を嫌うどころか、歓迎するに違いない。

そして、その印象を台無しにするような真似はしないはずだという和哉の予測は、まんまと的中した。

「和哉君……」

引き寄せられるまま、幼い子供のように縋《すが》りついてきた少年を、友恵は迷いも見せずに抱き返した。おそらく、周囲の視線を存分に意識しながら。

「私こそ、ごめんなさいね。海斗がいなくなってしまったのが哀しくて、辛すぎて、他の人のことは考えられなくなっていたの。あなただって苦しかったでしょうに……海斗と一緒にいただけで、何も悪いことはしていないのにね」

たぶん、何も考えられない人間だからこそ、平然とアフタヌーンティーを愉しむこともできるのだろう。そのときを境に、他人の痛みを理解できない彼女を利用することに、和哉は何のやましさも感じなくなった。

「あなたもまだカウンセリングを受けているんでしょう？」

和哉の頬を拭いながら、友恵は聞いた。

「はい」

「こんなに動揺しているあなたを、一人で帰すわけにはいかないわ。大河内《おおこうち》さん、森崎さんに電話して……いいえ、私が送っていくから、今すぐ車を取ってきてちょうだい」

母の千春を追い落として腹心の座についた部長夫人だけは、一瞬忌々《いまいま》しげに和哉を見た。

だが、幻想を共有し始めた他の女性の眼差しは温かかった。海外赴任中は慣れぬ土地で色々と苦労することも多いから、家族の絆《きずな》が強固なものになる。失踪してしまった息子を思う心、その失踪に責任を感じて深く傷ついている息子を思う心は、彼女達にとって容易に理解できるものだし、共感できるものでもあった。

「そうする気持ちは判るの。いなくなったのがあなただったら、私も落ち着いてはいられないもの」

和哉が友恵に会いに行くことを思い立ったのも、夫人会で冷遇されるようになった母の千春が口にした言葉が契機だった。

（我が子のためならば、母親は自らを犠牲にすることも厭《いと》わない――もっとも、例外もあるけどね）

友恵は海斗を猫可愛がりしていたが、彼のために何かを犠牲にすることはなかった。確かに失踪したのは哀しいが、そのことによって大きく生活が変わったわけでもない。

森崎家と和解した彼女は、共に海斗を偲《しの》びたいという理由をつけて、ことあるごとにハムステッドの家を訪れたり、シティでの買い物に千春と和哉を付き合わせるようになった。千春の都合が悪ければ、和哉だけを呼び出すことも珍しくない。

いや、それが和解を申し出た真の目的だということに、和哉は気づいていた。そう、友恵はお気に入りの息子の代わりを見つけたのだ。もっと正確に言うなら、息子の代わりも務められる若いツバメのようなものを。

「どう？　この色は合わない？」

ハロッズの婦人服売場やブティックで、和哉に洋服を見立てさせることを、彼女は好んだ。

「そんなことはないですけど、ブルーの方がお似合いだと思います」

仕事とゴルフ以外に興味がない夫や、母と過ごすことを嫌う息子が決してしなかったことを、控えめな笑みと共にこなす和哉に、友恵は夢中になった。海斗とは少し趣が違うけれど可愛い顔立ちをしているし、物腰が上品だし、決して話を逸《そ》らさないところが好きだと、臆面もなく当人の前で語るほどに。彼女から手を繋いだり、腕を組んだりすることを求められたときも、和哉は嫌がらなかった。もちろん、それ以上の深い関係になるつもりはなかったが。

さすがの友恵も、その点に関しては無理強いをしてこなかった。和哉にとっては幸いなことに、『良妻賢母』のイメージ管理は徹底しているのだ。支社長夫人の地位と一過性の火遊びを秤《はかり》にかけて、どちらを選ぶか――彼女は一瞬たりと答えに迷うことはないだろう。

(吐き気がする……)

曲がりなりにも海斗を産んだ人だ。できれば悪く思いたくなかった。だが、友恵はあまりにも酷《ひど》すぎる。海斗が戻ってきたとき、側にいることを容易にするためという目的がなければ、一秒たりとも一緒にいるのは耐えられない。海斗の思い出を共有したいと言いながら、彼女が口にするのは自分のことだけだ。辛いと言って涙を流すのは、海斗を思ってのことではなく、哀れな自分を慰めて欲しいからだった。時折、『寂しいわね』と言って和哉を抱きしめるときも、彼女が本当に感じているのは胸の痛みではなく、満たされない欲望の疼《うず》きなのだろう。

海斗が友恵を嫌悪するのには、それなりの理由があったのだ。


「急いで記憶を取り戻す必要がないのなら、自宅で療養させてもいいんじゃないかしら」

馴《な》れ馴《な》れしく腕に触れて注意を引いた友恵は、自分を見下ろす和哉に言った。

「あなただって、ずっとここに通うのは面倒でしょ」

面倒に思っているのは彼女だけだった。だが、そう告げて議論になる方がよほど面倒なので、和哉も否定はしなかった。

「でも、自宅だとリバーズ刑事が押しかけてきますよ」

友恵は顔を顰《しか》めた。

「そのことがあったわね」

「他に大きな事件が持ち上がれば、彼もそちらにかかりきりになるでしょう。退院をするのは、それからでもいいんじゃないですか」

「でも、いつになるか判らないじゃない」

思い立ったらすぐに実行しないと気が済まない友恵にとって、他人の都合で行動を制限されることほど苛立《いらだ》つものはないらしかった。

「被害者の方が振り回されるなんて、理不尽ですよね」

「まったくよ」

「お忙しいときは、何でも僕に言いつけて下さい。代わりに海斗の世話をしますから。もちろん、おかあさんほど上手くはできないけど」

和哉が『ね?』というように微笑みかけると、友恵の険しい表情も和らいだ。

「あなたが海斗の友達になってくれて、本当に良かったわ」

「それも、おかあさんが僕を選んでくれたからですよ」

そう、心から友恵に感謝することがあるとすれば、その一点だった。彼女は自分が気に入らないという理由で、息子の友人を遠ざけることも往々にしてあったのだから。

「週末はあなたも来る?」

友恵の問いに、和哉は首を振った。

「洋明君が一緒のときは、僕は遠慮した方がいいと思います」

「そうね」

友恵は溜息をついた。

「あの子は海斗とも仲が悪いけど、あなたとも折り合いが悪いのよね。なぜかは判らないけど」

判らないのではなく、判ろうとしないのだと、和哉は思った。洋明が兄を嫌うのは、母親の偏愛のせいだ。そして、和哉を憎んでいるのは、ようやく自分のものになると思った母親を横からかっさらっていったからだった。

（なぜ、東郷《とうごう》家の次男は母親に顧みられないのだろうか？）

その疑問は以前から和哉の胸に存在した。友恵に聞くことはないだろうし、彼女も答えるとは思えない。しかし、おそらくこうではないか、という予想は立てることができた。それもまた母親の話がヒントになったのだが。

「冗談じゃないわ」

穏やかな性格の千春が一度だけ、本気で怒ったことがある。海斗の件で、友恵の攻撃が夫に及んだときのことだ。

「ローカルに手を出したって噂があるのは、支社長の方じゃない！　それで大騒ぎをしたこともあるくせに！」

ローカルというのは現地で採用されたスタッフのことだ。彼らの人事を管理するのは支社に任されているため、上司の好悪が採用や勤続年数に影響することが多いと言われている。無論、不当な扱いを受けた場合、訴訟を起こせばいいのだが、三舛商事《みつます》の場合、英語が堪能な日本人を雇うケースが多く、彼らはイングランド人に比べると衝突を避けようとする傾向があるため、問題が表面化しにくかった。

（特に社内恋愛はそうらしい）

一方的に別れを告げられ、職を失っても、ローカルが声を上げることは少ないと言われている。次の会社へ提出する紹介状を書いてもらえなくなるからだ。イングランドで暮らし続けたいと思えば、どんなに悔しくても引き下がるしかないのだろう。海斗の父親が本当に噂通りのことをしたとしても、相手がいつの間にか姿を消して終わりだったに違いない。

（そして、その浮気が発覚したのが、洋明君がお腹にいたときなのかもしれないな）

あやうく夫を奪われそうになったのも我慢がならないなら、彼の目を他に向けさせる原因となった妊娠も許せない——身勝手な友恵なら考えそうなことだった。妊娠していなかったとしても、夫が浮気する可能性はあるのだとは決して考えない。それを受け入れれば、自分に魅力がないことを認めるようなものだからだ。

（そのとき起こったことを洋明君のせいにすれば、彼女は傷つかなかったんだろう）

しかし、その後も次男を見るたびに、嫌な記憶は蘇った。だとすれば、友恵が洋明にほとんど愛情を示そうとしなかったことにも、一応の納得はつけられる。

(同情をするつもりはないけど、この人も孤独なんだな)

寄り添うようにして歩く友恵を見やって、和哉は思った。おそらく、夫の心はとうに離れている。長男の心を惹《ひ》きつけることはできない。本当に愛してもらいたい相手からは愛されないという餓えが、異常なまでに他人からの賞賛を求めることに繋がるのだろう。虚《むな》しい言葉で心の隙間《すきま》を埋めようとしているのだ。そんなもので満たすことなど、できるはずもないのに。

「来週あたり、また会えるわよね?」

駐車場に辿り着いた友恵は、和哉が車のドアを開けるのを待って告げた。都合を聞いているのではない。会うことは既に決定事項だった。

「あなたに似合いそうな服を見つけたのよ」

和哉は頷いた。いつものように、望み通りにしますと言いたげに微笑みながら。

「水曜日にカウンセリングを受けることになっています」

「じゃ、その日でいいわ。シティについたら電話して」

「はい」

友恵はぎゅっと和哉を抱きしめてから、車に乗り込む。去り際に軽く鳴らしたクラクションが、いかにも辺りの静けさとは不釣り合いだった。彼女はすぐにここがどこかを忘れてしまう。

ここに誰がいるのかも。

（早く大人になりたいね、海斗。そうすれば、誰にも干渉されずに済む）

テールランプが消えるのを待って、和哉は踵《きびす》を返した。こんな風にきっぱりと友恵に背中を向けられる日が、本当に待ち遠しい。たぶん、それは海斗も同じだろう。

9

トイレから帰ってきた海斗《かいと》は、再びパソコンの前に座った。

（ええと……どこまで見たんだっけ？）

一旦、検索結果が出たウィンドウを閉じてしまったので、もう一度、単語をタイプしなければならない。

（そう、そう、これだ）

海斗はまだ文字色が変わっていない記事をクリックする。そして、別画面が出てくる間に、少し離れたところで静かに本を読んでいる和哉《かずや》を見た。よほど熱中しているのだろう。海斗の視線にも全く気づかない。

（待たせるのは悪いけど……あと少しなら平気かな？）

そう判断した海斗は、再びモニターに視線を戻した。

「やっぱ、サイトには載せてない……っていうか、膨大《ぼうだい》すぎて載せられないか……」

ぶつぶつ呟《つぶや》きながら画面をスクロールすると、問い合わせを受け付けているメールアドレスが目に留まった。

（答えてくれるかどうかは判らないけど、一応、聞いてみよう）

封筒のマークに矢印を合わせ、マウスボタンを押すと、滑らかにメーラーが立ち上がる。

海斗は静かに目を閉じ、書き出しを考えてから、一気にキーボードを叩いた。こちらの世界にいるときでなければ調べることができない疑問――アルマダの海戦を取り上げた本には著名な船長の名はほとんど記載されているのに、なぜドレイクの信頼も厚いジェフリーの名前はないのか、という問題を解決するために。

あとがき

こんにちは、松岡《まつおか》なつきです。

某ポータルサイトのニュース・トピックスの中に、『今W杯のイケメンは誰?』という記事があったので読んでみました。まあ、各国ご自慢の『俺ってばプレイだけじゃないんだぜ』という選手の名が上がっていて、

「なるほどね。でも、前回ほどのヒットはないかも……」

などと失礼なことを考えながらコメント欄に目を向けると、

「顔じゃなく、サッカー見ろ」

と当然のお叱《しか》りが。そうですよね……。確か前大会のときも、「主題を思い出せ」って自分に突っ込みを入れていたはずなのに。四年も経つと、すっかり忘れてしまって。

ことほどさように平時における人間性の変化、もしくは成長というものは難しいものですが(おまえだけだろ、という声も聞こえてきますが)、大きな試練に遭遇すると、嫌でも変わらざるを得なくなることがありますよね。

この十五巻は厳しい試練のただ中にあって、様々な痛みに耐えている人達のお話になりました。少年達だけではなくて、青年も成長しなければなりません。子供ならば救いの手を期待す

ることもできますが、一人前の大人は自分で解決法を模索する必要に迫られる。私は早く大人になりたいと思うタイプだったし、なった今はその生活をエンジョイしていますが、ときどき一晩眠ったらどんな問題もさしたるものとは思えなくなる柔軟な魂が懐かしくなるときがあります。あと格段に柔軟だった身体も（笑）。


彩《あや》先生、今巻も素敵な挿画をありがとうございます。そういえば仕事中に複製原画が届いたのですが、美しいブルーに目が覚める思いがしました。そして、ジェフリーと海斗も海に戻りたいだろうな、ってセンチメンタルな気分にも。

現在スペイン・チーム贔屓、担当の山田さんにもお世話になりました。

そして、この作品を楽しみにしていて下さる読者の皆様に、心からの感謝を捧げます。私はどうにも時間の使い方が下手で、ご感想のお手紙やメールを頂いても嬉しく拝見させて頂くに留まってしまい、なかなかお返事ができないのを心苦しく思っています。私にできる御恩返しは、次巻を少しでも早くお届けすることではないかと思いますので、どうかご容赦下さい。

では、人々がさらなる変化を求められる十六巻で、再び皆様にお目にかかれることを楽しみにしております。セール・ホー！

松岡なつき

この本を読んでのご意見、ご感想を編集部までお寄せください。
《あて先》〒105－8055 東京都港区芝大門2－2－1 徳間書店 キャラ編集部気付
「FLESH&BLOOD⑮」係

■初出一覧
FLESH&BLOOD⑮……書き下ろし

2010年6月30日　初刷
著者　松岡なつき
発行者　吉田勝彦
発行所　株式会社徳間書店
〒105-8055　東京都港区芝大門2-2-1
電話048-451-5960(販売部)
03-5403-4348(編集部)
振替00140-0-44392

Chara
FLESH&BLOOD⑮
……【キャラ文庫】

印刷・製本　図書印刷株式会社
カバー・口絵　近代美術株式会社
デザイン　海老原秀幸

ISBN978-4-19-900575-6

好評発売中

松岡なつきの本
【センターコート】全3巻
イラスト◆須賀邦彦

今日から君がパートナーだ——一流テニスプレイヤー・ブライアンのコーチから、突然ダブルスの相手に指名された智之《ともゆき》。けれど喜びも束の間、密かに憧れていたブライアンは、新人の智之にひどく冷たい。コートでは実力の差を思い知らされ、落ち込む智之に、ブライアンはさらに嫌がらせのようなキスを仕掛けてきて…!?　恋とプライドをテニスに賭けた、サクセス・ロマン!!

投稿小説★大募集

『楽しい』『感動的な』『心に残る』『新しい』小説——

みなさんが本当に読みたいと思っているのは、どんな物語ですか？　みずみずしい感覚の小説をお待ちしています！

•応募きまり•

[応募資格]

商業誌に未発表のオリジナル作品であれば、制限はありません。他社でデビューしている方でもOKです。

[枚数／書式]

20字×20行で50～100枚程度。手書きは不可です。原稿は全て縦書きにして下さい。また、800字前後の粗筋紹介をつけて下さい。

[注意]

①原稿はクリップなどで右上を綴じ、各ページに通し番号を入れて下さい。また、次の事柄を１枚目に明記して下さい。
（作品タイトル、総枚数、投稿日、ペンネーム、本名、住所、電話番号、職業・学校名、年齢、投稿・受賞歴）
②原稿は返却しませんので、必要な方はコピーをとって下さい。
③締め切りは特別に定めません。採用の方にのみ、原稿到着から３ヶ月以内に編集部から連絡させていただきます。また、有望な方には編集部からの講評をお送りします。
④選考についての電話でのお問い合わせは受け付けできませんので、ご遠慮下さい。
⑤ご記入いただいた個人情報は、当企画の目的以外での利用はいたしません。

[あて先]　〒105-8055 東京都港区芝大門2-2-1
徳間書店 Chara編集部 投稿小説係

投稿イラスト★大募集

キャラ文庫を読んで、イメージが浮かんだシーンをイラストにしてお送り下さい。キャラ文庫、『Chara』『Chara Selection』『小説Chara』などで活躍してみませんか？

•応募きまり•

[応募資格]

応募資格はいっさい問いません。マンガ家＆イラストレーターとしてデビューしている方でもOKです。

[枚数／内容]

①イラストの対象となる小説は『キャラ文庫』か『Chara、Chara Selection、小説Charaにこれまで掲載された小説』に限ります。
②カラーイラスト1点、モノクロイラスト3点の合計4点。カラーは作品全体のイメージを。モノクロは背景やキャラクターの動きの分かるシーンを選ぶこと（裏にそのシーンのページ数を明記）。
③用紙サイズはA4以内。使用画材は自由。

[注意]

①カラーイラストの裏に、次の内容を明記して下さい。
（小説タイトル、投稿日、ペンネーム、本名、住所、電話番号、職業・学校名、年齢、投稿・受賞歴、返却の要・不要）
②原稿返却希望の方は、切手を貼った返却用封筒を同封して下さい。封筒のない原稿は編集部で処分します。返却は応募から1ヶ月前後。
③締め切りは特別に定めません。採用の方にのみ、編集部から連絡させていただきます。また、有望な方には編集部から講評をお送りします。選考結果の電話でのお問い合わせはご遠慮下さい。
④ご記入いただいた個人情報は、当企画の目的以外での利用はいたしません。

[あて先] 〒105-8055 東京都港区芝大門2-2-1
徳間書店 Chara編集部 投稿イラスト係